诗意三清路

杨七芝 著

中国华侨出版社
·北京·

图书在版编目（CIP）数据

诗意三清路 / 杨七芝著. -- 北京：中国华侨出版社，2024.7
ISBN 978-7-5113-9189-6

Ⅰ．①诗… Ⅱ．①杨… Ⅲ．①诗集－中国－当代 Ⅳ．①I227

中国版本图书馆 CIP 数据核字 (2023) 第 245605 号

诗意三清路

著　　者：杨七芝
责任编辑：刘晓燕
封面设计：青年作家网
经　　销：新华书店
开　　本：880mm×1230mm　1/32 开　印张：10.375　字数：272 千字
印　　刷：三河市嵩川印刷有限公司
版　　次：2024 年 7 月第 1 版
印　　次：2024 年 7 月第 1 次印刷
书　　号：ISBN 978-7-5113-9189-6
定　　价：68.00 元

中国华侨出版社　北京市朝阳区西坝河东里 77 号楼底商 5 号　邮编：100028
发行部：(010) 64443051　传真：(010) 64439708
网址：www.oveaschin.com　E-mail：oveaschin@sina.com

如果发现印装质量问题，影响阅读，请与印刷厂联系调换。

作者与先生刘鹏飞在杏花村老酒店留影

1969年，作者在北大荒兵团五大连池宣传队

2008年，走进五大连池40周年，作者笛子独奏《青藏高原》

2020年夏，作者在玉山新华书店接受电视台采访

作者在玉山清代考棚遗址留影

2019 年，作者在上海师范大学音乐学院楼前留影

2020年春，作者在徽州参加书画艺术交流时留影

2019年，作者参加上海市知识青年历史文化研究会活动

2021年冬，作者在玉山和平湖写生创作

2022年秋，作者在上饶百草园创作

2022年，作者在上海老家的苏州河畔

作者在浙江省江山市南坞杨氏宗祠留影

作者参加玉山诗词交流活动，现场作诗并朗诵

作者近照

序 言

心驰神往三清山

三清山，位于江西省玉山县境内。我的家乡就在大山深处，小时候仰望巍峨神奇的大山就充满敬畏与遐想。长大后离开大山行走天涯，几十年来也是魂牵梦绕，心驰神往，不时心潮逐浪高。2008年三清山成为世界自然遗产、国家5A级风景名胜，为世界所瞩目，作为"大山之子"，更是不胜荣光、无比自豪！近日接到杨七芝女士《诗意三清路》书稿，邀我题序，欣喜之际，亦诚恐难以表达对作者的由衷敬意和对大山的万般深情。

杨七芝女士在知青文学艺术界闻名遐迩，同时作为一名上海名门闺秀，因三清山之缘成为玉山人的媳妇，更是被传为美谈。我认识杨七芝是2019年玉山县成立作家协会期间。参与筹备作协，见面交流，建立联系后，我阅读分享了她的许多诗词和散文作品，从而也得知她的不凡身世，以及那个特定年代所受的风霜雪雨洗礼，特别是她一往情深地随同刘鹏飞先生上三清山，用诗画艺术展示、传播大美三清山的执着信念与倾情奉献，都使我感动不已，心生敬意。

杨七芝，上海人，18岁奔赴北大荒生产建设兵团，24岁辗转插队三清山北麓务农，走南闯北20年以后又回到上海，现定居玉山。作为一名老知青，她将自己的青春和热血都奉献给了祖国南北的黑土地与红土地。在三清山，她与先生刘鹏飞志同道合，一起为开发宣传三清山的自然美景和历史文化不懈奋斗。她们通过举办画展、出版书籍、演讲、培训等方式，将"仙境"三清山的雄奇险秀和天然道场的道学文化展现给了世人。

《诗意三清路》是杨七芝采写三清山的一部专题诗集，包括几百首古体诗，这是她数十年来对三清山的心灵感悟和文创结晶。在这部诗集中，我们可以感受到大自然的美好和生命的力量，感受到作者对三清山刻骨铭心的热爱，对艺术孜孜不倦的追求，也可以看到她对一方百姓的深情厚谊，领略到她的家国情怀。

杨七芝是青年作家网的签约作家，多次荣膺年度优秀作家奖；多年来她积极参加各项文学大赛，获奖并入选作品集出版；她在2021年出版的《风雨三清路》，深受广大读者喜爱和赞赏。在《人民日报》网络平台与青年作家网共同首发新书，开启了"三清路"三部曲创作和出版的第一站，为仙风道骨三清山的艺术传播树立了一杆文学旗帜。

《诗意三清路》这部诗集中，杨七芝"外师造化，中得心源"，用自己细腻的笔触，深情赞美祖国的秀丽江山，讴歌人杰地灵的山村，将三清山和玉山的精气神与文化品位展示给了读者，让更多的人了解和喜爱那山那水和那人。

在这个快节奏的时代，我们需要一些能够让人心灵得到净化和升华的作品，《诗意三清路》就是这样一部内涵深厚的文学艺术作品，也是一部雅俗共赏的大众读物。真诚感谢杨七芝女士倾情奉献的《诗意三清路》，让我们真切地感受到诗词文化的曼妙魅力，同时又激起我们对三清山心驰神往的美丽憧憬！

是为序。

张恭春

2024 年 1 月 28 日

作者简介：张恭春，江西玉山人。中国化工作家协会副主席、玉山县作家协会名誉主席。

目 录

第一章 告别北疆 走近三清

报　春	2
迎春情	3
春　忆	3
战友情	4
沁园春	4
雷　锋	5
友谊长青——送侯党根诗	6
思君诗	7
端午感	7
难忘的纪念塔——瞻仰德兴烈士纪念塔	8
自　信	10
赞美母爱——读高尔基《母亲》有感	10
赠君诗	12
与同桌邵惠玲共勉	13
农场新貌	13
上饶茅家岭纪念馆	14

火　苗	14
生命之歌	15
秋水共长天	16
桂月敬诗	17

第二章　三清奇缘 师生邂逅

海天一色	19
三清宫勉励	19
殿中情	20
灵隐寺所见	20
元宵节登少华山	21
登三清山后有感	21
瞻秋瑾像	22
归去来辞	22
异海香梦	23
西湖泛舟感	23
西湖春暖	24
步云桥畔忆婵娟	24
静夜思	25
明月当空	25

孤舟赴兰陵	26
古迹心仪	26
情归三清——与刘老师和诗	27
仙山之约	27

第三章　开创三清　感悟真谛

访古探友	29
寄相思	29
重上三清山	30
武夷月夜	31
大雨宿天门	32
渴　望	33
到信江	33
元宵节	34
拜师嘱咐	34
守望挚爱	35
黄浦画院	35
探索艺术正道	36
相见时难别亦难	37
风宝亭	37

哀悼先父杨志翔	38
临窗望雨	38
隐居"响波桥"	39
首创全山图	39
回报三清	40
西湖拜谒高师	40
又游西湖	41
玉山情	41
隆冬进山	42
和先生诗	42

第四章　留取丹心　翰墨奉献

留取丹心照三清	44
谷雨夜	45
《感悟三清山》电视散文	45
记者传媒	46
央视来拍专题片	46
都市晚归	47
小窝苦恼	47
满把清光照三清	48

三清福地	48
圆月遇乡亲	49
冬日下翠微	49
写生五天门	50
老三届壮举	50
拍纪录片《山缘》	51
元旦夜	51
迎春曲	52
西湖初恋与长卷	52
自情操	53
画五宝山之春	53
攀高峰	54
创作八骏图	54
画草原长河	55
学古琴	55
绍兴记	56
北疆35周年	56
人与自然	57
先母仙逝	57
首登怀玉山	58
写春联	58
上海益友	59

殊　荣	59
小雪祭祖	60
元旦寄语	60
元旦小诗	61
大年初一	61
八千里路云和月	62
教　训	62
昆曲魅力	63
除　夕	63
新年春联	63
冬　至	64
元　旦	64
端午传友情	65
屈原大夫永生	66
中秋节	67
书画探讨在复旦	67
写作路上	68
初雪有感	68
荒原情	69
岁月涛声	70

第五章　三清盎然 七彩云莲

元旦诗	72
赠先生诗一首	72
风雨故人来	73
泛舟图	73
端午情	74
追忆古琴缘	74
重阳思友	75
祝　寿	75
留得三清悟真道	76
兵团会演	76
新年快乐	77
同学情深	77
庆元宵	78
源　泉	78
冰溪酣	79
夏　日	79
春江源	80
翰墨香	80
飞天悦	81
秋　分	81

好登临	82
入　秋	82
百年沉浮话浦江	83
独守旧楼	83
龙年吉祥	84
瑞　雪	85
闹元宵	85
迎元宵	86
听《赏花吟诗》曲	86
看新月	87
归乡心	87
边疆儿女在我心上	88
风雨故人来	89
渡兰舟	89
重逢的幸遇　别离的情	90
赞青莲	91
中秋在三清	91
北国金秋	92
冰溪晨曦	92
雨中寻古贤	93
婺源行	93
桂林山水古镇雅	94

走进霞浦	94
梦游故里	95
新年康泰	95
吟唱母亲	96
母亲最爱百花园	96
登临武安山	97
江南美	97
母亲啊母亲	98
蛇口探亲	99

第六章 身在三清 心向天下

飞舞，向着收获回忆的北国风光	101
花甲重逢在三清	102
春韵悠扬	104
大爱无疆	106
冰溪晨雾	107
草原的女儿	107
期待金秋团圆	109
难忘黑土情	110
皇城翡翠	111

第七章　千里情缘 浦江三清

难忘母亲节	113
谷雨新感	114
尊师重教聚一楼	115
沪上名楼祝团聚	116
校园心歌	116
大荒缘浦江情	117
红土地之缘	118
相约海上春风里	119
内江花园倾诗	120
游沪上小园	121
真情实意	122
仰望义乌山区	122
车过"江郎才尽"	123
路经十里常山	123
车中即事	124
迎归人	124
仙山福地连浦江	125
夏至听雨	125
元月记事	126
真情相约	126

春雨暖人心	127
爱恋乡音	128
春江水暖	129
冰溪即兴	130
盛夏有感	130
赞先生	131
怀玉天路行	131
雨中曲	132
三春心辉	132
感恩节的思绪	133
观普洱茶乡	134
梦游冰溪楼	134

第八章　一肩家庭　毕生艺术

三清来客	136
三清缘	137
春雨云水访山塘	138
女神赋	138
三清山——我艺术的摇篮	139
读书缘	139

布谷鸟赞	140
春天在这里	140
当兵的幻梦	141
师恩如山重	142
金秋白露吟三首	143
中秋吟	144
师生三清情	145
携手三清	146
感恩节的夜思	146

第九章　劳累度日　不忘写作

乡村之晨	148
寒梅咏	148
仙境玄关	149
人间天上	149
玉台迎春	150
菜花吟	150
故乡情	151
独恋春	151
夏日吟	152

普宁寺禅意	152
绿　茶	153
内江公园抒怀	153
九九醉心枝	154
三清缘　师生情	155
立冬诗韵	156
友谊长存	156
初心犹在	157
冬日情二首	158
老乡磨薯粉	158
师生团圆情半世	159
冬至诗韵	159

第十章　自强不息　上善若水

小　雪	161
爱乡间	161
静待时光佳音	162
守岁迎春	163
元宵情	164
风雨无奈友情暖	164

13

追悼刘鹏飞先生	165
念慈母	166
寄　雨	166
雨夜听诵	167
清气在人间	167
思量夏雨	168
访玉山官溪	168
冰溪河	169
冰溪一念	169
因秋思源	170
姐妹亲常相慰	171
恋乡音	172
冬访浦江	172
小楼空巢	173
遥寄禅音那一天	173
冬游开化名胜二首	174
丹心照三清	175
鹏飞仙逝	175

第十一章 人杰地灵 升华境界

访安徽大学士许国老牌坊	177
三清山卧龙山庄相聚	179
清气在人生	179
生命画卷	180
艺海兰舟赋真情——即兴于杏花村	181
舒心河	182
杏花凉亭	182
最后的"香格里拉"——赞玉山双明乡漏底村	183
黄昏恋河畔	185
雨后新境	185
一生最爱	186
碧穹送千祥	187
雅风荷艳	187
长醉歌灵山	188
雨后向晚	189
秋燥闲情	190
荡漾"七夕"的歌	190
处暑有感三首	191
树下读书	192

秋风秋雨	193
走访田畈村老乡	194
听琴品诗	195
走向所爱	195
人间天籁有知音	196
冬至念亲	197

第十二章　为有诗意　家国情怀

大寒诗友来访	199
风雨寻梦	199
爱书恋诗	200
玉山文昌阁	200
相倚琼楼	201
赠花花画家	202
春寒料峭	203
赠踏歌行	204
年首晴	204
观德兴凤凰湖	205
看新月	206
春暖心	206

诗意仙	207
相见时亲别亦亲	208
欢度辛丑元宵节	209
爱国诗人辛弃疾	210
长廊吟心诗	211
南坞之行	212
清明前	214
清明点心灯——祭奠我的至亲至爱	215
爱恋杏花村	216
暮春冰溪夜	217
立夏醉石榴	218
战友欢聚在北京	219
情深在尾山	220
夏夜冰溪行	221
端午寻忠魂	221
玉山的"东方威尼斯"	222
游暑夜	223
杏花长堤美一曲	223
燕子来时邀明月	224

第十三章 瑰丽江山 百年扬帆

神游醴峰	226
观荷花如意	227
与时俱进凭玉栏	228
情系七夕	229
中元思亲	229
秉承耕读子孙旺——采风四股桥乡山塘村	230
田园风情心上留	231
一片清醒在冰雪	232
雨过天晴	232
同唱九九天	233
洁白月光照心明	233
回眸三清入云烟	234
金秋遐思	235
山水包容琴笛鸣	236
云海雾涛行千舟	237
和平湖时光——借用原创《游牧时光》的歌曲谱词	238

第十四章　珠联璧合　天人合一

遥远的憧憬	240
淡淡清香悠我心	241
踏春行	242
一瓣心香化葱茏	242
清明思君吟	243
母爱永恒	244
爱恋湿地诗韵柔	246

第十五章　民族精神　文化启迪

守望夏月	248
纳凉赏月	248
满把清光照文坛——作协文友庆中秋	249
重阳登武安	250
百灵草之缘	251
如梦似幻山乡情	252
一瓣心香慰乾坤	252
一线天望三清主峰	253

小雪仍秋声	253
重逢在万柳洲	254

第十六章　山光水色 人道酬善

百花之先	256
迎新春	257
贺新岁	257
年　味	258
兔年滋味	259
新春美江南	259
心醉已忘年	260
良师益友难忘记	260
心声仙梦	261
人逢佳节喜庆洋	261
华灯亮出新坦途	262
初春寻芳	263
挚爱归真	263
起死回生吐芳华	264
诗意缤纷	264
寒春绮绣	265

高雅紫玉焕人间	265
文学赋	266
雨中春分	267
冰溪四月天	267
春带雨花向阳	268
醉里挑灯迷花神	269
一方净土	270
五月仙葩	270
化茧成蝶赤丹心	271

第十七章　华丽转身　冰清玉洁

漫溯冰溪	273
走天涯	273
花卉情侣——祝福上海吴哥唐妹	274
寻古意	274
立秋如意	275
玉山冰溪河——"东方威尼斯"水城	276
秋雨煮茶翰墨香——与文友欢聚	277
清净地	277
浸润芳泽	278

冰溪驿马南望	279
中秋温馨爱人生	280
岁月未蹉跎——致文学家叶辛	280
金桂飘香——金桂第一道花开	281
又重阳	282
秋高气爽	282
闲坐望江亭	283
最美遇见	283
小雪如春	284
一生最爱	285

后记：一瓣心香染古蕴   286

第一章　告别北疆 走近三清

（1973年1月~1982年8月）

报　春

瑞雪纷飞梅香醇，

年年迎春，

今又迎春，

宇宙万年春意纯。

元旦喜气旷野腾，

红旗飞舞，

激情飞舞，

群山葱茏把春争。

注：在二姐杨小英家居住养病，等待从北大荒调到江西玉山的自勉心情。

写于1973年元旦

于2014年2月9日修改

迎春情

赤橙黄绿青蓝紫,花落花开又逢此;
迎新景象撼心潮,恰是沃土撒种子。

一年四季百花争,芳华易老也爱春;
遥知故里登高处,每逢佳节思亲深。

写于1973年1月1日

春 忆

漫天鹅毛飘,峰峦青松高;
萧疏在异地,冰结满树梢。

春景看绿杨,遥念梦一场;
故乡何无路?辗转南北乡。

写于1973年1月6日

战友情

甜言蜜语难真心，患难知己见纯情；
山穷水尽无处去，病重战友鼎千斤。

注：从北大荒调到江西矿区甚难，路途遥远，邮寄缓慢，一切信件手续全靠在北大荒的战友胡桂琴帮我协调办理。

写于 1973 年 1 月 16 日

沁园春

正月佳节，银山飞舞，群情激荡。阳光照大地，环城热烈；百车竞驶，捷报如夯。小区繁荣，家家热闹，幸福美满岁岁长。

展宏图，显寥廓江天，雄心也壮。有青春饱满在，任凭风暴雨雪更狂。想前途遥远，虔诚耕耘；辗转南北，意志如刚。姐妹情深，患难与共，相依相慰度时光。从头越，苍海使人醉，如愿以偿。

注：在他乡过大年，焦急地等待调动的情况，祈望能成功！

写于 1973 年大年初一

雷　锋

雷锋，人民的好战士，

你说：要把有限的生命投入到无限的为人民服务中去；

雷锋，祖国的好儿女，

只要祖国需要，你的行为绝不犹豫！

尊老爱幼，济贫送钱，

你用微薄的工资抚民急需。

你毫不为己、专门利人，

笑脸迎四方、八面留信誉。

雷锋，您是我们学习的好榜样，

纵然对中国的革命事业如此忠诚；

您为人类播下了幸福的良种，

"十年成树，百年成人"；

啊，雷锋，您还活在人们心中，

您的光辉形象永远闪烁在星辰中。

为纪念雷锋牺牲10周年而作，写于1973年3月5日

友谊长青
——送侯党根诗

穷人孩子早当家，
吃苦耐劳本性佳；
艰难磨砺成大器，
告慰亲友乐天涯。

老友仙逝常惦记，
岁月荏苒无踪迹；
卅年风云续后裔，
党根成长为人杰。
往事萦绕耳畔启，
扶持正义感天理；
五月枇杷开满园，
友谊长青热泪洗。

注：2014年立春，侯党根一家来江西玉山看望我们。

写于1973年3月6日

思君诗

与君同战雪域寒,朝夕相处共胆肝。
至挚至诚手足爱,惜别病中皆抚安。

层层峻岭征途担,片片丹心送温暖。
雪花飘飘今又在,劈风斩浪排万难。

接北大荒胡桂琴好友来信有感,写于 1973 年 4 月 10 日

端午感

纷纷雨勤送人间,青青种子真心连。
银山乡亲多慷慨,两年端午滋味甜。

心中自有明月兼,四海为家也纵然。
老乡深情又厚道,更将壮美绘江南。

注:在江西银山矿过端午节,感谢邻人好友纷纷送粽子。

写于 1973 年 6 月 5 日

难忘的纪念塔
——瞻仰德兴烈士纪念塔

是谁的身躯高耸入云?
是谁的声音把我召唤?
是纪念塔的身躯高耸入云,
是烈士的呼喊把我召唤。

迎着金色的朝霞,
踏着青葱的林海。
登上层层的石阶,
我和桃李肃立在烈士的墓下。

国际悲歌的旋律顿时荡漾,
那是硝烟弥漫的浴血战场,
先烈们冒着枪林弹雨的残杀,
前赴后继让五星红旗高高飘扬!

雪松为你挺拔,
青柏为你苍翠。
狂飙替你传讯,

号角吹响胜利。

刻下你血铸的誓言,
写下你英雄的诗章。
为全人类的解放事业奋斗终身,
激励着我们胸怀全球豪情更壮。

抚摩着金字的凿石,
端详着厚重的碑塔。
沐浴着温暖的阳光,
我和桃李卑躬在烈士的墓下……

写于 1973 年 7 月 7 日

自　信

病痼体虚坐家久，一丝希望蹉跎走。
颓唐时须读华文，防微杜渐精神抖。

莫说体健靠内守，外练胜过百珍酒。
人民公园舞刀剑，朝霞满天前程绣。

1973 年 12 月写于上海

赞美母爱
——读高尔基《母亲》有感

这样赞，这样赞，
敬爱的母亲要这样赞。
赞美您慈祥的化身，
赞美您不屈的奋战！
您把整个世界养育，
付出终身不惜的血汗。

啊，伟大的母亲，
不畏强暴冲出那封建腐朽的糜烂。
啊，我们的母亲，
不畏压迫挣断那奴役的锁链。
母爱呕心沥血哺育着后代，
披荆斩棘寻求着力量的源泉。

啊，母亲您是一团熊熊烈火，
把儿女的前程点燃。
您是一位辛勤耕耘的园丁，
把满园的花朵栽培。

啊，千千万万的母亲在创造，
能把千年的污秽涤荡。
我们最亲爱的母亲，
人类将永远赞美您的美德风范。

写于 1974 年 1 月 8 日

赠君诗

满怀欣忭过年宵,雪花纷飞路迢迢。
与友别离六年久,幸得相遇在今朝。

笑脸凝神细观察,乡音依旧神未差。
颜如月季润岁月,亦如傲骨红梅花。

曾记同窗乐陶陶,五载相聚萍水飘。
山高水长情意重,鸿雁南北飞不倒。

山外青山水外水,隔山隔水心不坠。
此刻恰逢同学缘,但盼佳期再聚会。

注:与邵惠玲五年同窗,我赴北疆,她赴南疆。六年别离,今喜逢上海,深为感慨。

写于1974年2月10日

与同桌邵惠玲共勉

浦江的浪滔滔,故乡的灯辉煌。
同窗的影重现,思念的情更长。

日月不停泫沄,春风吹又耕耘。
热血挥洒农业,前途万马千军。

写于 1974 年春月

农场新貌

山风轻轻吹禾苗,春光暖暖照心房。
农场一派新面貌,双抢二管又开荒。

汗水浇灌粮满仓,银锄挥洒慨而慷。
五五规划在召唤,战地黄花换新装。

写于 1974 年夏月

上饶茅家岭纪念馆

信江河畔屹陵园,瞻仰烈士在墓前。
不是昔日洒热血,哪有今朝新生活。

赣东家岭好悲伤,枪林弹雨生命偿。
且看英雄战天地,蔚然凌云展诗章。

注:参加市党校函授学校学习时,参观纪念馆,有感而发。

写于1974年8月

火 苗

火苗闪,油灯正亮,
本子上写下那墨水的字行。
那是我学习的心得,
又一天生活的记账。

火苗亮,前途无量,
思想上树起坚定的信仰。

我们筑起一砖一瓦的大厦，
努力奔向前进的方向。

火苗笑，团团温暖，
黑暗中看到一束束阳光。
莫等闲，从头越，
星星之火可燎原，声声敲响。

写于 1974 年 12 月 4 日

生命之歌

命中的小路有多长？
只有让命运来安排。
暮色降临已近黄昏，
看不清小路该走哪一方？
踏遍荆棘草丛，悬崖峭壁，
站在山顶瞭望那可爱的故乡，
热泪伴随着我思念——生我养我的亲人。

人生的道路有多长？

只有让意志来决定。
前程好似一朵鲜花，
盛开在我们幸福的家园中。
任凭坎坷中狂风暴雨有多大，
勇敢的园丁历尽艰辛努力来栽培。
使这阵阵的芬芳飘香万里。

写于 1981 年 7 月 10 日

秋水共长天

青山隐隐汨河流，秋水悦共长空游。
曾是天涯沦落地，欲问上苍何所愁？

三月桃开寒幽幽，伤心霞飞不再留。
春风不知黄花瘦，白云丹枫何处求。

注：在三清山下德兴县当营业员，因病返沪休养有感。

写于 1982 年 4 月 20 日

桂月敬诗

蓬笔生辉泗盛名,斜阳相助仗侠膺。

群岭争峭层枫艳,倩谒晨光传佳音。

写于1982年8月7日

第二章　三清奇缘 师生邂逅

（1983年2月~1989年7月）

海天一色

莫不是天空从大海升起,
把蔚蓝染遍苍穹?
却为何海天一色,
让绚丽多彩永恒奔涌。

莫不是大海化为天宇,
洒云露润泽大地?
却为何海天一色,
赐人间巧遇美好情系。

写于 1983 年 2 月 26 日

三清宫勉励

君本蓬莱青云客,缘何贬谪人间来。
艺海慈航通彼岸,金风相送到瑶台。

写于 1983 年 2 月 27 日

殿中情

殿外风声夹雨声，屋内篝火话人生。
秉烛夜谈触情处，相看无言泪纵横。

写于 1983 年 2 月 27 日

灵隐寺所见

灵隐道遇伶仃女，深色素装多凄楚。
独对溪流弹泪珠，寒烟冷泉向谁诉。

写于 1983 年 2 月 27 日

元宵节登少华山

元宵访三清，夜过千步门。
云飞峰隐约，惊喜妙景生。
欲穷造化功，铁脚苦攀登。

写于 1983 年 2 月 28 日

登三清山后有感

感师助我千钧力，欲语还休竟凝噎。
久念三清篝火时，常思烛光诗文地。
平生风云流意气，半辈芳华传统继。
四海为家万里家，依然浪迹在天际。

写于 1983 年 3 月 8 日

瞻秋瑾像

思绪万千仰秋瑾,佩剑女侠爱国吟。
白色恐怖遭陷害,精神犹存世人心。

写于 1983 年 3 月 8 日

归去来辞

人事纷搅西复东,形单影只天地空。
梦里六桥芳草路,魂飞烟雨碧波中。

柳浪闻莺寻芳处,三潭印月任飘蓬。
何年重见杭州月,夜阑把酒问春风。

写于 1983 年 3 月 26 日

异海香梦

星夜西风兼细雨,阑珊灯火江中遇。
茫茫无际落雁孤,寥寥泛舟岸边叙。

寒风怎知春信来,沉醉不醒舒开怀。
"天若有情天亦老",异海香梦独琼台。

写于1983年元宵节后

西湖泛舟感

君看西湖一叶舟,凌风逐浪荡悠悠。
翠雨蒙蒙山水淡,艋主灵灵花木羞。

柳浪闻莺歌一曲,三潭印月绕三周。
芳龄尤觉魂销尽,百啭湖山望难休。

写于1983年3月27日

西湖春暖

燕子出笼南游尽，心旷神怡迷胜景。
此生化为天涯人，长效草色入帘影。

春风春雨春意暖，一片淳情碧湖间。
桃红柳绿玉兰傲，灵鹫飞来灵芝仙。

写于 1983 年 3 月 27 日

步云桥畔忆婵娟

篝火春风伴流泉，篷窗夜雨忆婵娟。
劝君暂作人间客，玉宇琼楼自有年。

写于 1983 年 4 月 20 日

静夜思

冷月清光泻楼窗，遥望孤影更忧伤。
三十风雨多少泪，八旬椿萱无限苍。

有恨早年无知恍，太息此身赶秋光。
灵犀枉顾沪上居，蝶梦何须飘他乡。

写于1983年11月4日

明月当空

明月当空思情催，蟾空岂怜我此悲。
夜倚寒窗伤心透，几度春风几度辉。

含辛茹苦悬胆肝，来去匆忙多少年。
迄今徘徊在迷雾，不知何处寻仙山。

写于1984年9月

孤舟赴兰陵

此去兰陵独孤舟,寒冬腊月分外愁。
未知飘蓬多少苦,人生地疏不觉忧。

离赣调苏跨两省,人才交流有谁肯。
贵人相助难忘怀,从此创作更诚恳。

写于 1985 年冬至

古迹心仪

东坡洗砚画丹青,天宁寺净心仪清。
舣舟亭边乾隆帝,墨宝留传到如今。

写于 1986 年常州

情归三清
——与刘老师和诗

风光换得铜钿归,笑看丹枫漫翠微。
秋菊霜篱好景色,且为香灵制锦衣。(刘鹏飞 作)

满怀幻梦三清归,幽兰清雅下翠微。
无声礼义道家气,缠绵悱恻洛神衣。(杨七芝 作)

写于 1989 年 7 月

仙山之约

仙山群贤索画多,挥毫踏歌彩路铺。
君架天桥通彼岸,吾恋茅屋清溪谷。

人海茫茫好伴侣,同舟共济兼风雨。
穿过千山与万壑,跨过坎坷向新宇。

写于 1989 年 7 月

第三章　开创三清　感悟真谛

（1989年3月～1999年12月）

访古探友

酷暑无情人有情,访古探友到兰陵。
相逢何须太仓促,留下悠云一片星。

1989 年 8 月 9 日写于常州

寄相思

相识六载情难逃,光阴似箭催人老。
月色朦胧寄相思,素语信笺心上宝。

写于 1989 年 8 月

重上三清山

深情助我山水间,巨椽挥洒众神仙。
梦萦魂牵君常在,终苦往事若云烟。

七年慈航人间稀,三上天门赴佳期。
山野含笑香万里,清泉着意汩汩离。

晓雾袅袅茅屋喧,香云绵绵伴婵娟。
海誓山盟风雨夜,秋声扶兮上青天。

仙山有道寻万千,苦海无边咫尺沿。
超凡脱俗相提携,关山层层视等闲。

写于 1990 年 8 月

武夷月夜

风停雨住

漫步清秋路

鸟鸣幽谷

潇湘新绿

正夜阑人静时

良宵花含露

雾涌奇峰

云掩翠嶂

玉女晚妆临碧水

乘金梭

天河渡

注：与刘老师共赴武夷。

写于 1990 年 8 月

大雨宿天门

窗外风声兼雨声，双飞三度到天门。
为求造化寻真谛，直上玉京仿仙人。

策杖登临拜苍穹，歌声笑语遇行云。
秋花夹道铺石径，神仙眷侣携手情。

茅屋一间松杉掩，雾为帐幔风为扇。
亦任流泉昼夜喧，我便作诗自安坦。

半百飘零如转蓬，此生常怨世不公。
为求知己酬壮志，妙相庄严得乘龙。

写于 1990 年 9 月 8 日

渴望

久渴甘霖望天台，忽见润雨慧眼开。
香灵何惧风霜厉，含笑始终迎君来。

注：在上海火车站的风雨中，等刘老师从江西到来。

写于 1990 年 12 月 13 日

到信江

别梦依稀到江西，多少柳暗花明时。
随君漫步烟波里，饮茶楼头度佳期。
薄雾浓云月移舟，相亲相伴志欲酬。
寒江无数星光夜，师生友谊在信州。
数九伴君挥丹青，寒冬一片寸草心。
辉煌大业肝胆照，锦绣山水满室新。

注：利用休假，到上饶北门新村协助刘老师写《三清山》专著并自己创作三清山系列画册。

写于 1990 年 12 月～1991 年 1 月

元宵节

昨夜飞雪扫凡尘,今宵晴空舞春风。
欲问世界情何物,魂牵梦绕总相逢。

接刘老师来沪过元宵节,写于 1991 年 3 月 1 日

拜师嘱咐

殊缘朝拜谢大师,无限荣光显灵芝。
青睐提携为弟子,师生情义创佳期。

惜才如金长叮咛,出书画展已成形。
松月图上题长款,会标写序恩师亲。

不忘初心创佳品,毫笔舞动三清梦。
助我前景爱鹏飞,以日计年敷丹青。

注:有缘拜访著名诗书画、鉴定大师谢雅柳家并拜师。

写于 1992 年 2 月 29 日

守望挚爱

十年相伴十年梦,守望挚爱心相印。
排除万险今胜昔,携手连理贺喜庆。

婚姻大事岂儿戏,冲破世俗求仁义。
相濡以沫为三清,开创书画肝胆寄。

注:与刘鹏飞老师十年友谊,排除万难,终成眷属。

写于 1994 年 2 月

黄浦画院

取经画院在沪西,协助胡师墨香栖。
师生团队也优秀,学习交流藏先机。

攀登三清带队上,实地写生皆释放。
真假故事树尊严,先生无愧更坦荡。

写于 1995 年 5 月～1996 年

探索艺术正道

八月桂花满院馨,先生梦见一仙翁。
指路明灯办画院,上善若水沁人心。

朋友相助登报刊,十大绝景挂整版。
轰动各界访专题,旅游盛况各地蔓。

初冬朔寒守山野,带领学生作讲解。
三清书画院挂牌,从此名山文蕴写。

二十年来绘丹青,时时梦中甘泉饮。
松风云涛常相伴,蓬莱三岛与我行。

注:1996年11月29日正式办成三清山书画院,刘老师和我授予正副院长。

写于1996年8月~12月

相见时难别亦难

春寒料峭顶狂风，奔波医院哪放心。
精神矍铄何来病，相见恩师窗台临。

苍白消瘦乐呵呵，紧握双手无言说。
最难聚散天地念，岂料一别永分隔。

注：恩师谢稚柳重病住上海瑞金医院贵宾部215室，与先生前去探望问候，遗憾的是却与谢老成了诀别。

写于1997年3月27日

风宝亭

风宝亭间看云景，大起大落原无定。
唯有仙山万古青，响波桥边起诗兴。

注：风宝亭位于三清山南面进口处，原山管委响波桥山庄。

写于1997年8月10日

哀悼先父杨志翔

三年瘫痪在病床，可怜文豪遭此伤。
全家忙乱为照料，鲐背仙逝游西方。

沉痛追念老父亲，古文诗书有盛名。
勤恳创作持家业，两袖清风超好评。

写于 1998 年 4 月 9 日

临窗望雨

香雾缭绕千山隐，磅礴大雨百全鸣。
心源造化何处觅，仙风道骨在三清。

写于 1998 年 6 月 16 日

隐居"响波桥"

酒掌尖峰入晴空,蜿蜒跌宕玉芙蓉。
一步一景天生就,妙处更在云雾中。

草色新雨添秋寒,青山空蒙生紫烟。
崖边溪流飞珠玉,造化堪绝道气仙。

写于 1998 年 8 月 8 日

首创全山图

相看三清蓬莱峰,难忘风雨攀登中。
腕底丹青挥不尽,祈盼全图一代弘。

写于 1998 年 12 月

回报三清

八米巨幅全山图,浓墨重彩已出炉。
十年心血创作路,回报三清解我孤。

1999 年 1 月 29 日写于响波桥

西湖拜谒高师

韩璐引荐到美院,博导童师未讨厌。
和蔼可亲夸我行,大气磅礴画心愿。

浙派主力童教授,师承名家潘天寿。
陆俨少与李可染,麾下高足山水奏。

注:有幸拜访中国美院童中焘教授。

写于 1999 年 3 月 18 日

又游西湖

与君浪漫常离家,小别申江春雨斜。
西湖美景春风里,仿古书剑又天涯。

碧波荡漾"湖畔居",老友盛邀茶香遇。
精雕细刻每一盅,评弹演唱醉心聚。

注:因朱家骥老友相约他的"湖畔居"茶阁甚幸。

写于1999年3月19日

玉山情

人间六月热汗飞,下榻玉山雨霏霏。
鱼米之乡令人爱,选房筹款下翠微。

抬头见山朝阳第,低头逢水冰溪倚。
三清南麓风土情,钟灵毓秀出博士。

写于1999年6月1日

隆冬进山

千里白日寒云掩，清溪九曲出高原。
村落萧疏怅寥廓，风雪欲来下年关。

一入红尘七十年，坎坷人生多艰难。
赖有翰墨勤耕作，换取柴米入深山。

刘鹏飞诗，写于 1999 年 12 月

和先生诗

残云蔽日初冬寒，山道蜿蜒上高岩。
万物萧瑟无游客，满目风霜增愁颜。

世态炎凉五十年，幸有丹青伴苦艰。
书香墨海悟真谛，入门求道蓬莱天。

写于 1999 月 12 月

第四章　留取丹心　翰墨奉献

（2000年1月～2009年12月）

诗意三清路

留取丹心照三清

何处望玉京，

满眼风光在三清，

千古沧桑多变化，

飘零……

乾坤无尽起风云，

松涛合泉鸣，

九天朗月水龙吟，

苦海茫茫缘底事？

猛醒！

留取丹心照三清。

注：2000 年元旦，山管委庆元旦晚会，我与刘鹏飞作词，且作者用昆腔演唱，并在 12 月拍的《山缘》纪录片中演唱播放。

写于 2000 年 1 月

谷雨夜

昨夜谷雨落三清，泉声溪流合笙镛。
竹楼联词寻佳境，云中参拜女神峰。
玉台洞府净土风，神农草药千秋功。
神仙眷侣心相印，精神博大入空蒙。

注：江西电视台摄制组来山上拍我和刘老师的专题片《落英缤纷》。

写于 2000 年 4 月 19 日

《感悟三清山》电视散文

仙山福地盛名扬，媒体跟踪豪情漾。
爬山越岭不停步，闪光佳影有刘杨。
鄱阳才子田信国，超群绝伦思维活。
动人诗篇享美誉，感恩付出创成果。

注：江西省电视台田信国拍摄我们的专题片上映获奖。

写于 2000 年 4 月 29 日

记者传媒

接踵而来省记者，吃苦耐劳互助乐。
琼楼凤阁话烛光，徒步登峰造极妥。
人间有情正能量，不图回报才气漾。
感恩今生有知音，传媒辛苦滚热浪。

注：江西省电视台记者上山来采访，拍摄我们的纪录片《三清山传奇故事》，并获奖，令人感动。

写于2000年6月4日

央视来拍专题片

上下求索无怨言，山水作证肝胆悬。
人世沧桑从容对，艺海慈航谱新篇。

注：央视《东方时空》栏目拍摄我与先生画三清山的《百姓故事》，并在2000年12月25日向全国播出。

写于2000年11月8日～14日

都市晚归

晚霞送我浦江亲，一路疲惫思三清。
更是香灵痛绝处，手足之情薄如冰。

十里洋场迷纸金，冷若冰霜恻隐心。
此番红尘多见识，我行我素归山林。

写于 2000 年 11 月 23 日

小窝苦恼

杨浦北屋实堪挤，连人带物十平米。
最怕一日资料寻，翻橱倒柜也难济。

敢向刀丛斩奴孳，勿让清泉珍珠卸。
心中自有玉京峰，腕地风云丹青借。

写于 2000 年 11 月 24 日

满把清光照三清

风吹龙草呼我前，巨蟒幽谷狂风添。
阴霾迷雾疑无路，豁然开朗一线天。

九曲葱茏登高岩，三龙出海彩云间。
清水芙蓉峰独秀，脚下云腾如神仙。

注：上饶市电视台李文辉、吴旦两位记者，冒雨雪迎骤寒上三清山拍摄我与先生的专题片《满把清光照三清》。

写于 2000 年 12 月 8 日

三清福地

参天古木连云澜，满山苦竹冷月潭。
荏苒光阴百年转，破庙依旧守岁寒。

写于 2000 年 12 月 9 日

圆月遇乡亲

月光如洗照福地，乡亲篝火庆欢喜。
松涛玉露话曾经，云路遥迢跨世纪。

注：上饶电视台记者缪志坚、谭波、汪光炎等记者上山拍我与先生专题片，在三清宫与乡亲们烛光篝火共欢聚。

写于 2000 年 12 月 9 日

冬日下翠微

寒雾送我下玉京，细雨磨面多温馨。
香草奇葩醉别梦，石径通幽万种情。

写于 2000 年 12 月 14 日

写生五天门

箫声伴我五天门,一路更觉步履轻。
北山原古多壮丽,紫气东来写丹青。

注:先生吹箫端坐北天门,山色雅韵令人羡煞。

写于 2000 年 12 月 14 日

老三届壮举

不屈不挠老三届,风雨同舟万里越。
历经磨砺意志坚,为酬壮志洒热血。

斗转星移乾坤迁,峥嵘人生命运艰。
蹉跎岁月莫哀叹,广阔天地山河连。

注:央视聆听作家梁晓声演讲老三届的壮举。

写于 2000 年 12 月 19 日

拍纪录片《山缘》

上海玉山三清山，铁脚记者意志坚。
山野放歌镜下美，不忘列车留箴言。

南京路上溜一行，外滩爱恋抒衷心。
老屋搭台来作画，至亲至友至乡情。

注：中央广播电视部与上饶广电部合编我和先生的纪录片《山缘》，由上饶电视台记者缪志坚、谭波及汪光炎导演等来拍片。从玉山——三清山——上海，他们在寒冬腊月里艰难地拍摄了四天，纪录片上映并获全国创新二等奖，精神可嘉。

写于2000年12月28日～31日

元旦夜

新月朦胧画楼中，辞旧迎新万家红。
爆竹声息冰溪静，谁家吹箫荡夜空。

写于2001年元旦

迎春曲

风雨人间过,独有一枝俏。
铁骨还清辉,红蕾仰天笑。

注:题先生画《咏梅》。

写于 2001 年春

西湖初恋与长卷

西湖初恋二十年,波光岚影云海连。
白堤苏堤新生韵,雨中泛舟放歌沿。

十年写生水墨画,西湖长卷四米挂。
心想事成超远古,八大胜景神奇诧。

写于 2001 年 4 月~6 月

自情操

寒夜冷光致虚极,冰雪古庙静笃依。
万松林间弥香雾,写尽沧桑悟玄机。

注:为自画《三清宫万松林》题诗。

写于 2001 年 12 月

画五宝山之春

五宝山下枫林村,碧水秀山好个春。
最是令人感动处,花桥筑于绣女薪。

写于 2001 年 12 月

攀高峰

十年一梦画坛红，扎根三清未放松。
明月清风霜露重，白云丹枫霞光笼。

不宜物喜勿悲空，朴散成器攀高峰。
天道酬勤友人助，再度奋力向东风。

注：浦东张总支持艺术。

写于 2001 年 12 月 9 日

创作八骏图

一元复苏迎马年，八骏驰骋向草原。
浩瀚江天美塞北，期望腾飞丹青缘。

写于 2002 年元旦

画草原长河

草原长河忆雪域，蓝天白云关山越。
牛羊成群滚珍珠，帐篷遍野星光夜。

写于 2002 年 1 月 5 日

学古琴

扬州唤我学古琴，梅师把手恨无音。
笨鸟先飞辛勤练，筑基三日觅古风。

高山流水自古情，平沙落雁醉人心。
此行结缘广陵派，调心静气七弦吟。

大师送我雪梅图，坚强学艺弹前途。
身临其境享人脉，西湖瘦景长相托。

注：先生相邀赴老家拜梅曰强古琴大师学艺。

写于 2002 年 5 月 8 日～10 日

绍兴记

花甲漫游访故乡，与君携手梦一场。
越语贯耳听不厌，毡帽乌篷船正忙。

沈园诗景"钗头凤"，咸亨老酒眼前兴。
流觞曲水爱兰亭，三味书屋读意境。

写于 2002 年 5 月 18 日

北疆 35 周年

一觉醒来塞北梦，战友欢聚已知命。
音容笑貌泪满腮，不离不弃心相印。

注：五大连池上海知青欢聚良安饭店。

写于 2003 年 9 月 10 日

人与自然

廿一世纪生命圈,热爱健康与自然。
窗外青鸟常探密,松柏檀香美梦连。

写于 2004 年 7 月 1 日

先母仙逝

风烛残岁步高龄,百病缠身疼呻吟。
子女轮流苦陪伴,也有贪财伤母亲。

生前懊恼无处声,撕心裂肺罹难争。
终未走过冬至日,可怜天下父母心。

注:先母 96 高龄,2004 年 12 月 9 日凌晨 4 点 40 分病逝于上海老屋晚香楼。

写于 2004 年 12 月

首登怀玉山

友人相约办画院,怀玉山脉雄奇健。
玉琊山庄好休闲,继承朱熹草堂苑。

雷家收藏望远镜,太阳坑里留足印。
红军小路艰难爬,清贫碑前无限敬。

注:童坊谢忠健邀请我与先生上山专访。

写于 2005 年 11 月 5 日

写春联

寒冬腊月写春联,街上百姓喜庆连。
细雨绵绵不放笔,记者采访勤拍片。

注:与先生在玉山街上为老百姓写春联,县电视台夏有良记者来现场拍摄。

写于 2006 年 1 月 25 日

上海益友

感动相邀恒联城，依依不舍到凌晨。
春风送来吉祥意，春雨滋润友情深。

注：与先生在娄国伟、朱绿波上海家中作客。

写于 2006 年 5 月 21 日

殊荣

终生难忘此冬日，
京城传来一大事。
专家学者均品尝，
海阔天高畅吐气。

注：中国管理科学研究院特聘我和刘鹏飞老师为"首席专家""客座教授""研究员"，致谢殊荣。

写于 2006 年 12 月 4 日

小雪祭祖

小雪祭祖情亦衷,晨雾绵绵霜护松。
绘得三清永相伴,从此不再苦冥中。

风雨过后传佳音,阳光更添祈福心。
两地苍茫何相望,隔山隔水难隔情。

写于 2006 年 12 月 23 日

元旦寄语

30 年飘零梦天际,毕生守持三清地。
依山傍水画丹青,听泉托雾心灵寄。

无私偏向寂林系,有功总邀明月喜。
峰回云转多少轮,雪压青松志不移。

写于 2007 年元旦

元旦小诗

元旦分外亲,晨光传友情。
海上新天地,此时同温馨。

写于 2007 年

大年初一

凄风苦雨落满庭,精神抖擞迎新春。
雄心开创千秋业,才利引进八方赢。

写于 2007 年

八千里路云和月

立志撰写北大荒，废寝忘食岁月淌。
十年艰苦磨心仪，遍野黄花泪眼茫。

风雪载途多少年，满腹故事倾情渲。
六万多字不容易，摧枯拉朽灯下缠。

写于 2007 年 5 月

教训

本想开发八仙洞，画院建在农家中。
潮湿虫咬乱无序，花钱装修一场空。

谁知乡下难维持，供不应求无菜吃。
心猿意马实懊恼，放弃一切返城息。

写于 2007 年 6 月～7 月

昆曲魅力

最爱京昆七美追，游园惊梦独占魁。
灵异深情与悲壮，风雅幻梦及诙谐。

写于 2007 年 10 月 7 日

除夕

冰封大地情不弃，雪飞满天闹喜气。
莫道前路少人烟，自有吉祥飘万里。

写于 2008 年

新年春联

春天莅临雄心焕发创新业　　冰雪过后万象更新迎曙光

写于 2008 年除夕

冬至

冬至时节北风寒,一夜飞雪下江南。

揩眼擦窗望雪意,疑是天公开慧眼。

写于 2008 年 12 月

元旦

喜庆长伴祥云来,紫气总会为君开。

山清水秀迎新春,万般如意登瑶台。

写于 2009 年

端午传友情

清香的艾叶刚挂上门槛,
传来了亲朋的问候声声。
七彩的粽子正剥开箬叶,
收到了益友的祝愿忱忱。
端午节原本是对屈原大夫的悼念,
却仿佛间有你我的每一份真诚。

无论是寒星映水,还是旭日含窗,
端午节不会失去其爱国爱民的精神。
无论是追根溯源,还是沧海一粟,
都愿您——走向璀璨,奔向前程。

写于 2009 年 5 月 28 日

屈原大夫永生

民族精神树屈原，汨罗澎湃祭先贤。
春秋豪放山河秀，战国荒淫忠良寒。

血泪谏言无动感，黄尘滚滚似狼烟。
诗情画意托香雾，宁死不做亡国奸。

悲怆凄凉江魂冤，初心不改失屈原。
爱国捐躯千古恸，楚辞朗朗问苍天。

端午更恋艾菖蒲，清香迷漫元江源。
非凡气度临佩剑，斩断魍魉斟酒酣。

写于 2009 年端午

中秋节

今宵群星邀明月，
三清众灵齐祝愿。
温馨寄托大团圆，
天上人间共婵娟。

写于 2009 年 9 月 21 日

书画探讨在复旦

李阮伉俪爱三清，鹤发童颜登玉京。
一路陪伴笑声里，今又复旦喜庆迎。

走进高院心肃然，琳琅满目丹青瞻。
退休教授好敬业，挥洒笔墨展画坛。

注：三清山书画院应李孔怀、阮国英教授诚邀，参加上海复旦大学书画社研讨会。

写于 2009 年 9 月 26 日

写作路上

望断碧空雁南归，雾中徘徊尽悲哀。
千山万水虽可爱，人到他乡却无才。

写于 2009 年 12 月 3 日

初雪有感

邂逅冬至干净年，洁白飞雪洗玉山。
难得鹅毛巧相遇，岂知东北冰冻寒。

为有善地多感怀，万般灵泉心上来。
何必飘零渡苦海，千树银花眼底开。

写于 2009 年 12 月 27 日晨

荒原情

冰雪早已覆盖了我们艰难的足迹，
北大荒的路离我们越来越遥远。
严寒无法冻结我回味的千丝万缕，
五大连池的水养育过我们的心泉。

狂风怎能吹断我回望的视线？
广袤的黑土地播下了我们血与汗的甘愿。
岁月可以抹去每个人的芳华，
战友的情却彼此越来越深远。

"莫道桑榆晚"，价值奉献乐此不疲，
仰望苍茫云海，更喜"为霞尚满天"。
友谊天长地久，光耀千秋万代，
愿每次怦然心动的重逢常驻心间。

写于 2009 年 12 月

岁月涛声

让我们慢慢地打开怀旧的窗口，
轻轻地拨动回望的心弦共相寄。
让我们带着三清山的壮美景色，
一起走进风雨同舟的岁月涛声里。

让我们退休不退志共同找到——
后半生属于自己生命的那一朵浪花。
让我们在一曲桨声的韵律中——
游弋在三清湖扬帆起航。
情注华夏。

写于 2009 年 12 月

第五章　三清盎然　七彩云莲

（2010年1月~2013年10月）

元旦诗

和谐春风扑面来,以人为本聚华才。
满街红火庆元旦,祝福声声震玉台。

写于 2010 年元旦

赠先生诗一首

旭日初升一团红,聆君诗意倍峥嵘。
自古艰险出壮士,眼前青山更葱茏。

写于 2010 年元旦

风雨故人来

冰溪遥闻友来兮,风雨兼程话别离。
相识纯洁情别样,喜逢偶遇堪珍惜。

怜我曾是柔弱女,仗义援助谢君汝。
泊舟微径画楼依,煮茶论道三清悟。

注:与德兴老友陈郁桐、张慧珠夫妇40年重逢。

写于 2010 年 1 月 23 日

泛舟图

武安葱茏冰溪清,春到家乡柳色新。
梧桐细雨书屋静,泛舟过桥探友情。

题自画,写于 2010 年 1 月

端午情

幽然又闻艾叶香,把酒共饮情谊长。
糯粽传递佳节爱,雄黄浅尝保吉祥。

写于 2010 年 6 月 6 日

追忆古琴缘

一代宗师梅曰强,追忆七年撰文章。
瘦西湖畔剪刀巷,拜师学艺热泪盈。

广陵琴派誉名驰,三日弹拨也未迟。
"长忆琴缘"二万字,终生难忘寝食思。

注:2003 年赴先生老家扬州拜师学琴,广陵琴派梅曰强大师认真严峻教学三天,师生友谊感恩不尽,留下永生美好的追忆文章。

写于 2010 年 8 月 28 日

重阳思友

江南塞北携手亲,患难独钟胡桂琴。
金秋飘香沁彻夜,重阳菊讯连美景。

峰回云展多少情,高山流泉谢知音。
登临遥望思念路,秋水长天共衷心。

写于 2010 年 10 月 3 日

祝　寿

深秋红叶人亦醉,岁寒未凋松柏翠。
霜降祝寿频举杯,祸福同当庆华岁。

琴瑟共鸣和为贵,诗情画意互安慰。
青嶂雨壑白首牵,晚霞丹心总相惠。

注:为刘鹏飞先生祝福八十大寿。

写于 2010 年 10 月 23 日

留得三清悟真道

九秋霜冷风怒号,枫红松翠楚天高。
画楼举杯同祝寿,箫笛合奏自逍遥。

窗外青山常做伴,门前碧水洗尘嚣。
皈依三清悟正道,留得丹青国史操。

注:先生生日和词。

写于 2010 年 10 月 23 日

兵团会演

气势恢宏激情凄美,如歌如诵永恒人海。
京城古都艺术出彩,史诗流传壮志不改。

注:邹小霏带队组办的"北大荒知青之歌"艺术团在北京首演有感。

写于 2010 年 12 月 14 日

新年快乐

红梅吐蕊迎春来,瑞雪飘洒洗尘埃。
晨曦旋律铺锦绣,光照神州出俊才。

写于 2011 年 1 月

同学情深

"同是天涯沦落人,相逢何必曾相识"。
传闻如见才女凄,天香深闺埋国色。

心随日月肝胆赤,爱付江河千帆涉。
精神饱满与君行,一息尚存志不撤。

写于 2011 年立春

庆元宵

寒风冷雨元宵迎，鞭炮声中挂红灯。
丹青描绘三清月，仰望一片喜气升。

写于 2011 年 2 月 18 日

源　泉

常想起，北大荒的冰雪莽原火山丛林，
总难忘，黑土地的千辛万苦荒友深情，
守望着，眼前这座神奇飘逸的三清山，
一辈子，享拥着诗情画意的攀登创新，
应打开，脑海中智慧喷涌的灵泉，
赐给我，生命中光明磊落的理性。

写于 2011 年 2 月 18 日

冰溪酣

三年回乡上海滩，蓬勃高楼侃大山。
烟笼密集少清气，时来多疾患病染。

斗室蜗居三户摊，买水生成苦不堪。
勿念红尘拂手去，悠悠青嶂冰溪酣。

写于 2011 年 5 月 15 日

夏　日

老屋陈旧几十年，怎耐此生度暑炎。
勿劳苦思尽作乐，如月佳诗胸中悬。

海滩蛰伏非人愿，心悦诚服何在天。
条条信息似甘露，句句安慰送良言。

写于 2011 年 7 月 6 日

春江源

悲别大荒四十年，远离红尘八千天。

人间世事皆不问，仙山道气整装添。

千里风云赴论坛，问君哪得智慧源。

三清灵泉逝东去，一江春水信江连。

写于 2011 年 8 月 14 日

翰墨香

北京一别十八年，今朝又访琉璃厂。

千古文萃传底蕴，满街槐树翰墨香。

写于 2011 年 9 月 23 日

飞天悦

清秋气高入云巅，晴海韶光一线连。
滚滚黄尘浮脚下，最爱阳春白雪天。

注：从北京坐飞机回家。

写于 2011 年 9 月 24 日

秋　分

秋分细雨洒若金，友人诗文暖意馨。
夜倚甘泉寝香梦，此番劳顿化神灵。

写于 2011 年 9 月 25 日

好登临

十月艳阳普天兴，橘红柳绿满目新。
谁家瑶琴关山月，遍尝果香思归心。

地处吴楚鱼米乡，长居冰溪乐三清。
林泉云霞常作伴，金秋时节好登临。

注：《关山月》为李白诗/古琴古曲

写于2011年10月19日

入　秋

入秋气阔三清灵，何必飘零生凄心。
咫尺天涯笔不辍，吹箫引凤月下行。

写于2011年11月18日

百年沉浮话浦江

浦江晨灿东风里,与君行吟阔堤新。
茫茫大海连天际,陈毅雕像翠松林。

海关钟声忆旧情,海棠花仙醉曾经。
百年沉浮生存地,独坐茶楼话古今。

写于 2011 年 12 月 4 日

独守旧楼

难得放飞花甲游,倍觉孤雁独离愁。
相敬如宾无声处,阑珊灯火旧楼谋。

写于 2011 年 12 月 28 日

龙年吉祥

无论雨雪冰霜有多大？
挡不住中华民族呈祥腾飞的龙年；
无论千山万水有多远？
天翼在，真诚关爱一线牵；
牵起我由衷祝福的深情，
连线你神采奕奕的笑脸。
昂首巨龙翻腾蜿蜒展宏图，
文明古国高凌云汉彩霞艳。

愿这龙的活力给你卓越进取的前程，
愿这龙的精神赋你健康睿智的平安，
让我们举杯欢庆祝贺龙年吉祥，
让我们满怀斗志迎接新的春天！

写于 2012 年 1 月 18 日

瑞　雪

小镇昨晚悄无声，满天瑞雪忽来临。
街前屋后披银絮，溪南田北润甘霖。

写于 2012 年 1 月 26 日

闹元宵

年年元宵挂红灯，天地欢腾月东升。
今夜风雨虽寒彻，明月更在心中生。

莫把阴晴圆缺争，民俗乡情趣味淳。
呼来唤去真热闹，春满人间喜临门。

写于 2012 年 2 月 6 日

迎元宵

月首圆，银涛托金轮；龙欢腾，云海舞乾坤。

亲朋情，爱心最挚诚；厚谊浓，兰陵醴酒醇。

写于 2012 年 2 月 6 日

听《赏花吟诗》曲

草青青，蔚蓝蓝，白云深处有人家，梦想在江南。

雨蒙蒙，花暖暖，白云深处是故乡，花俏春自盼。

不知今宵是风还是雨？

也不知秦时汉时的岁月，只愿乘风时，天长地久在你身边。

柳青青，天蓝蓝，冰溪河畔有人家，月下凭雕栏。

山隐隐 水潺潺，万柳洲头琴声扬，春风细雨弹。

兰叶葳蕤花皎洁，丹橘绿岭地气暖。

自有岁寒心不碎，草木幽径共斑斓。

写于 2012 年 2 月 14 日

看新月

一弯新月初上空,如眉似钩荡河中。
爱其稚嫩乳香味,亦娇亦滴躲树丛。

世界最美属玉盘,高洁无瑕慰人间。
天涯海角银光照,宁静温馨结心缘。

写于 2012 年 2 月 15 日晚

归乡心

春雨绵之溪水清,又是一年芳草青。
清明祭祖如亲在,谷雨品茗思路新。

嫩黄一屯田野馨,感召诗意翰墨林。
文友时送佳丽句,还我童趣归乡心。

写于 2012 年 4 月 16 日

边疆儿女在我心上

送你一片蔚蓝天空白雪绕山岗,
送你一泓连池清泉静谧过村庄。
送你一顶漏风的草帽锄头和镰刀,
送你一套绿色的挎包褪色的军装。

那是一种纯洁的希望上山也下乡,
那是一段激情的岁月热血共回荡。
那个年代知青无私天真又烂漫,
金色年华史册一页人间留华章。

边疆的儿女啊威武雄壮,坚强地挺立像兴安岭一样。
浩瀚无边的莽原不可阻挡,你的胸怀像黑龙江一样宽广。

边疆的儿女啊在我心上,风雨同舟肝胆相照把你向往。
浩瀚无边的麦浪随你瞭望,你的心灵像明月一样坦荡。

写于 2012 年 4 月 17 日

风雨故人来

昨日酷暑好友来，风雨兼程不言回。
才子相遇酬满志，粗茶淡饭抒情怀。

春蚕吐丝织文台，勤蜂养蜜非为财。
白露凝滴润秋月，夕霞染潮心不衰。

写于 2012 年 6 月 22 日

渡兰舟

芳草天涯酬，孤鹄有沙洲。
莫道无人识，相影渡兰舟。

写于 2012 年 6 月 24 日

重逢的幸遇 别离的情

十天前战友的目光拥抱过了，
深情的话语早被浦江水打潮；
纵然的诗歌影舞已蝶飞南北，
握得生疼的手还在温存中感召。

曾经坎坷在塞北荒原，
延伸了相依相慰的关照；
如今天各一方的迤逦思念，
缱绻在金色年华不再等老。

不想说再见汽笛怎拉响？
更怀旧惜缘泪中的唠叨。
尽管有过无形中的失之交臂，
仍然仰望雨过天晴友谊至高。
重逢是人生里中转站的幸遇，
编织了无数个健康快乐的祈祷。

上海战友相聚沪上，写于 2012 年 6 月 26 日

赞青莲

仲夏荷塘白玉莲,何惧苦热污泥衔。
风吹花蕾起诗意,露洒莹珠月清娴。

蒲扇叶药碧绿伞,檀香赤丹翡翠盘。
出水芙蓉儒雅尊,柔情似海在藕甜。

写于 2012 年 8 月

中秋在三清

我邀清风赏秋月,银河玉京瑶台夜。
蟾宫樽酒桂花香,中秋诗意情更切。

写于 2012 年 9 月 10 日

北国金秋

金秋红叶满山坡,蒸腾岚云林间勃。

中秋难忘戍边士,华夏一曲染北国。

        写于 2012 年 9 月 29 日

冰溪晨曦

晓雾净沙色空蒙,石笋矗立玉芙蓉。

烟柳隐屋盘南岸,满湖涟漪起山风。

        写于 2012 年 10 月 12 日

雨中寻古贤

晨曦灯依晶，误入麦雨淋。
双亭华廊影，长河木桥凌。

山色云雾紫，飘起别样情。
朱熹故里旧，茶香诗意新。

写于 2012 年 11 月 25 日

婺源行

婺源粉墙老桥亭，长溪透澈雨中行。
箩筐斗笠蓑衣妇，世代洗刷流水清。

荷塘倒掩杂树丛，美景穿梭田埂勤。
青山屏风高天擎，云雾家乡古樟林。

写于 2012 年 12 月 15 日

桂林山水古镇雅

石笋耸立上九天,倒映潜水下无边。
淡云浓竹桂林美,淑女眺望深情甜。

几次回眸诱心田,相见时难别亦难。
最爱伟岸大榕树,诉说老镇古朴年。

写于 2012 年 12 月 18 日

走进霞浦

福建霞浦叠丽霜,辽阔大海岛屿藏。
渔舟唱晚千竿竖,一团溶金挂中堂。

写于 2012 年 12 月 26 日

梦游故里

漫溯外滩正秋妆，门前荷池白莲庄。
良师益友出隽秀，海上明珠更神光。

写于 2012 年 12 月 31 日

新年康泰

时雨随风到江南，瑞雪延春兆丰年。
日月有情百家庆，祖国温暖康泰牵。

写于 2013 年大年初一

吟唱母亲

生命来自母亲源,辛勤养育无怨言。
问寒送暖关怀在,节衣缩食心血连。

走南闯北亲情缘,爬山涉水慈祥牵。
"孤帆远影碧空尽",饮水思源时时兼。

写于 2013 年 3 月 8 日

母亲最爱百花园

吟唱田野百合欢,感恩栽培君子兰。
忍辱负重忘忧草,激浊扬清荷塘莲。

丁香淡淡宁致远,石榴浓浓闹蹁跹。
硕果累累有橘颂,母亲最爱百花园。

写于 2013 年 3 月 8 日

登临武安山

谷雨转晴登武安，穿过玉虹冰溪泉。
森林原始接紫气，石阶汉白通塔山。

青峰独耸添楼台，春树连绵遮尘埃。
千年古道清净地，殿前陶醉抄楹联。

注：春日偕同先生攀登三清山南部。

写于 2013 年 4 月 27 日

江南美

江南美，美哉山花烂漫，莲动波起素女浣纱。
江南美，美哉小桥流水，东风拂柳渔舟唱晚。
江南美，美哉传说文韵，曲水流觞微风清和。
江南美，美哉品类之盛，游目骋怀青瓦山岚。

写于 2013 年 4 月 29 日

母亲啊母亲

母亲的"小夜曲"穿过小巷、穿过夜空,
向我、向你的心扉轻悠悠地飘来。
哦!那是中华民族共同拥有的天籁之音,
披星戴月中慈母培根铸魂的养育情怀。

母亲的皎洁目光,
洒向你我、洒向大地洒向人间。
啊!那是母亲明朗的月银波荡漾,
小草仰望十五的柠檬中秋的思牵。

母亲啊伟大的母亲,
您依然有深邃的眼眸温柔的俯瞰。
母亲啊我们祖国的母亲,
您不会消失并永远屹立在东方的彼岸。

写于 2013 年 9 月 17 日

蛇口探亲

廿年梦想蛇口城,蓝天飞跃向征程。
天涯海角总眷顾,与君相怜情义深。

曾记老屋枯藤根,辗转南北艰难存。
姐妹连心常牵挂,千里祝贺八十辰。

金婚琼台各自珍,功名利禄身外扔。
不管世间多喜乐,风烛残年病少生。

夫妻恩爱鸳鸯鸟,相濡以沫白首好。
老有所盼共依赖,世事洞明逐颜笑。

写于 2013 年 10 月 27 日

第六章　身在三清　心向天下

（2014年1月～9月）

第六章　身在三清　心向天下

飞舞，向着收获回忆的北国风光

心浪，因"返城年代"的一曲曲艰难而起伏，
共同有过的一场场热血奋战守卫着祖国边疆；
雪花，为拓荒凄美之路的老知青而回荡，
难舍"十年壮举"一身纯洁温暖韶华的坚强。
饮水思源多少好儿女结为划时代的眷属，
酸甜苦辣，黑土深情摇曳着温柔的梦乡……

为这猝然离去的亲人多么揪心地悲痛，
生死之交的友谊编织过同舟共济的凤望。
返城风波的跌跌撞撞来不及拍个全家照，
冰雪的松花江上，已铺满寒冬的夕阳。
挥手，朝着一路携手并肩走过的狂风暴雨，
飞舞，向着白雪皑皑收获回忆的北国风光。

注：观摩电视剧《返城年代》有感。

写于 2014 年 1 月 3 日

花甲重逢在三清

30年与常州德源亦红伉俪老师的别离,
漫溯岁月长河的无限牵挂却友谊长存。
所有的慧眼相遇凝眸,幸福的絮语像流水涓涓情深。

诚恳的礼物馈赠到家,千里迢迢一片丹心坦诚。
一声声熟悉的爽朗笑声重返耳畔,
恰是旧时的童心率真。
感动地冲着我撰写的书籍而来?
乡情的温柔糯音贯穿我耳根。
青山因你的真诚而勃勃葱茏,
沉沉的坦率常与时间在纷争。

常州兰陵历史悠久传承人文荟萃,
是令人久久追慕升华的胜地瑶城。
为了复兴中华民族伟大的文化事业,
我们都在各界辛勤地笔墨耕耘。
丁老师的斐然成就是我们的骄傲,
艺术殿堂为我们深化敞开了大门。

生命不息热血丹青，
金石可镂前程无量。
学习锲而不舍砥砺奋进，
面壁十年磨一剑的艺术人生。

今朝晴空放霞光，
友人馥幽三清登；
十里杜鹃高山瞻仰白玉兰，
迎贵宾佳客，日月喜气蒸蒸。
一路崇山峻岭云涛香雾，
攀三清朝仙境神采总飞腾。

祝我们的书画茁壮成长犹如春笋，
愿我们的理想更美好创作有鹏程。
再相见——待到山花烂漫时，
再干杯——葡萄美酒一樽又一樽……

注：与常州师长丁德源、周亦红伉俪30年重逢。

写于 2014 年 3 月 15 日

春韵悠扬

"小草虽然渺小,但拥有脚下的土地",
春天里它召唤人们绿色踏青,
让我们静静地享受柔和舒展的憩息。
黑夜尽管迷茫,可时常披星戴月清风习习。

春天里它不再寒彻,酝酿着天籁之声,
像似聆听那"梁祝"的交响韵律。
沧海桑田浩瀚壮观,凝聚着每一朵浪宝宝的湍急。
天涯海角春风给力推波助澜,把心潮春韵赋予美妙的诗意。

百花齐放争先夺艳,开不败精彩绝色的美丽。
假如没有春风雨露的恩施,哪有朝起暮卷的花期?
我愿做一棵小小草,为人间的净化铺垫一层心意。
在原野山坡感激湖光山色的陪伴,
吐故纳新给人们带来有氧的空气。

我感怀在人生的坎坷彷徨时,
总有正义的侠肝义胆星光熠熠。
无畏这冰雪霜冻多少冷酷?心有灵犀充满如春的暖意。

我像一朵小小的浪花,依偎在母亲河的奔腾里欢乐无忌。
蕴藏纯的灵泉,韵唱春的冰溪,
缓缓淙淙流向东方的"威尼斯"。

"春兰兮秋菊,长无绝兮终古","从善如流,宜哉"!
向往我的心迹。
在狂风暴雨的侵蚀下,去维护每一年来之不易的春季!
融入在金色年华的春意盎然里,感佩万紫千红、人才济济。
满园春色的知青论坛间,是吸纳支撑生命的青春活力。
浏览在瑞气满神州的惬意中,冬去春归花团锦簇无限生机。

心灵的窗口盈门秀色、滋润家园,
"迎春诗会"满座春风,佳句传递。
谷雨三春茶岭飘香,走向茶圣陆羽的江南田际。
春浓日暖菜花黄遍鸟语人美笛声悠扬,
仿佛回到韶华岁月春风得意。
怎能忘,松竹梅豪放文韵,岁寒三友,
念念词,桃李满园迎接春韵,载入新世纪。

写于 2014 年谷雨

大爱无疆
——沙漠的女儿桂荣

桂荣，你是草原上的一朵奇葩，
奔放在"挚热深情"的沃土上；
伯江，你是一只雪山上的感恩雄鹰，
翱翔在"大爱无疆"的霞光白云上。

您把忧愁藏在乌云的缝隙里，您把快乐写在无际的蓝天上。
草原因你们的虔敬天更蓝，雪山因你们的坚强挺而刚。

32年的岁月打磨，把你们真金淬砺，
牺牲自己维护美丽家园是勇者的担当。
从青丝到鬓霜，所有的付出是生命代价，
饱经风霜不弃不离，朝夕相处刻骨祈望。

春蚕吐丝丝未尽，生命写作直前往！
人们永远关怀你们，祝愿家庭幸福、儿孙满堂！

写于 2014 年 4 月 8 日

冰溪晨雾

冰溪朝雾乡韵浓,峰岚桑屋柳烟吞。
一丝夏风推银浪,几群白鹭唤新生。

近岸名士唐宋人,泊舟倚马热寻根。
杏花香雾绕野外,古林汀上文蕴深。

写于 2014 年 7 月 29 日

草原的女儿
——感怀于周秉建老知青的内蒙古精神

善良淳朴的额吉 85 岁高龄生日,
老人家穿着崭新的绿袍多么幸福阳光!
一边扶着您的是汉族好媳妇,
一边搀着您的是美丽的姑娘。

草原女儿周秉建 16 岁即插队内蒙古,
多坚强,学蒙语当牧民骑马放羊。

刻骨铭心的艰难困苦没让她倒下，
融入当地生活的学习意念至高无上！

应时刻牢记教诲，回归草原锻炼意志，
军龄只有三个月脱下了不舍的军装；
白云为媒草原为家，天赐良缘一线牵，
美满婚姻、斟满美酒、飘逸奶香……

尽管有时在北京，
尽管根儿是皇城；
草原女儿没有忘记民族大团结的结缘，
割不断理还乱，情系内蒙古牧场……

穿上最美丽的玫瑰色新袍子，
民族礼仪笑容满面、健美性格豪爽；
她简直成为地道的大草原女儿，
因为有额吉的慈母般关爱与健朗。
感恩——是草原女儿的优良本质，
成长——是草原知青的最大祈望！

写于 2014 年 9 月 13 日

期待金秋团圆
——北大荒原五大连池宣传队 46 周年欢庆北京

说好那一天要与你见面,早也盼晚也盼;
说好那一天要与你团圆,禁不住我喜泪涟涟。
经过四十载,等到花甲年;有过多少牵挂,有过多少不眠。
望穿双眼,战友啊,你终于向我走来。

离开北大荒姐妹心相连,朝霞思恋、晚霞思恋;
曾经冰雪霜兄弟肩并肩,风雨同舟深深情怀。
惊起南北雁,飞跃到燕山;千遍万遍,呼唤你。
说好那一天要与你相伴,春也思念,秋也思念;
说好那一天要与你结缘,禁不住我满腔热血。
魂牵梦绕,战友啊,红叶满山向我走来。

难忘边疆情,梦里常挂念,日月朗朗碧海桑田;
喜逢知青年,友谊志愈坚,万水千山吐露情怀。
期待一瞬间,华彩知青年,送来金秋灿烂,走向幸福平安。
冬去春来,战友啊,金秋终于欢聚团圆。

写于 2014 年 9 月 16 日

难忘黑土情

冰雪早已覆盖了我们的青春足迹,
北大荒的路离我们越来越遥远遥远;
严寒无法阻挡我们回顾的思绪,
五大连池养育过我们芬芳的心田;
狂风怎能吹散我们回望的视线,
广袤的漠北洒下我们曾经奋斗的血汗!
蹉跎岁月可以磨去每个知青的韶华,
花甲追寻始终难忘黑土情的殊缘;
彼此的深情厚谊欢聚在北京美丽的尚庄,
载歌载舞的怦然心动镌刻在心间心间。
荷池畔我们情系那五大连池的舞台,
月光下我们意犹未尽地缠绵狂欢。
在此刻我们返老还童地雀跃呼唤,
就今天我们不计岁月地相拥笑颜。

写于 2014 年 9 月 16 日

皇城翡翠

当我刚踏进久仰的香山时让我震撼，
遥见燕山长城那飘逸夺目的黛蓝色。
那白云丹枫起伏跌宕的山梯上空，
旋律伴着气宇轩昂三山五园洁白的飞鸽。

往上走感觉千年御园的庄严肃静，
一路攀崖，泉水叮咚，沁入心扉。
皇城根儿的艳光山庄天然氧吧，
宛若银河的星座不失雄壮高贵。
此刻，我为中国人自豪赞美——
这块镶嵌在伟大首都的珍宝翡翠。

写于 2014 年 9 月 24 日

# 第七章　千里情缘 浦江三清

（2015年1月~2016年12月）

难忘母亲节

1910年芝加哥妇女争取民主解放的惊世运动,
打响了新纪元"三八"妇女节的一声春雷;
从此推翻了压在妇女头上的"三座大山",
废除了"男尊女卑"不平等的奴役地位。

千年的铁树开了花,万年的枯藤发了芽。
妇女能顶半边天,锦绣山河更庄严。

一代代优秀女性的崛起,一辈辈卓越女性的成才。
无疑震撼乾坤,无愧叱咤云台。

世界上最伟大的是母亲,用心血无私无畏地哺育我们。
祖国就是最伟大的母爱,赋予我们最广袤的胸怀。
黄河恰似一腔母亲的热血永远在奔腾,长城好比一尊母爱的坚强永恒地岿巍。

写于 2015 年 3 月 8 日

谷雨新感

昨夜谷雨润申城,一派清爽驱热蒸。
布谷天使林间唱,唤醒多少晨梦人。

蜗居小屋二十春,步履维艰品红尘。
放怀山水继文脉,勤鸟守候觉热忱。

蓝天白云碧草幽,杨浦一路绿化村。
春寒料峭又何妨,心境开朗在自身。

参天大树冲云层,满目霞光接星辰。
但愿乔迁人间降,奉献民生皆感恩。

写于 2015 年 3 月 20 日

尊师重教聚一楼

细雨润物万般应，师生相约千种情。
大众花园围一起，人生虽老校园亲。

儿时瓜果盘中倾，浓郁龙井舌尖品。
尊师重教诗歌吟，仿古酒楼留踪影。

笑容频频张师亲，感恩迭迭学生铭。
花甲不再霜露重，返老还童稳处临。

濯溪长路漫步行，诚恳叮咛耳边聆。
握手道别纷纷泪，彼此珍重杨柳青。

写于 2015 年 4 月 15 日

沪上名楼祝团聚

润雨如酥君乐陶，迎春相聚和风潇。
清茶飘香兴如故，老当益壮情趣高。

燕云名楼起新潮，师生团圆人不少。
欢声笑语时空撩，祝福喜庆胜百药。

写于 2015 年 4 月 15 日

校园心歌

校园友谊四季春，五年寒窗重温存。
常忆学堂攻文化，又念惜别奔前程。

无边落木悄然深，有限生命朝夕珍。
也有纷争甚难过，不以理喻显宽容。

写于 2015 年 4 月 15 日

大荒缘浦江情
——培文邀请上海战友

去年，五月的东方明珠鲜花满园热烈怒放，
迎来了老友李锐文洁伉俪的盛情款待。
"丰收日大酒家"美味佳肴的浓郁心意，
感激的情怀至今还暖在心海。

今天，羊年的仲春蓝天白云桃红柳绿，
一扫昨日的狂风暴雨，穷刮楼台。
我们欣喜地奔赴"红轩港式餐厅"，
接受培文的诚恳邀请各方畅心聚来。
北大荒的友谊能维持到花甲之年，
彼此的深情厚谊多么不易情相连。
五大连池的初衷养育艰苦奋斗青春奉献，
是我们永远互助共进不离不弃的纽带。
感谢至友在百忙中的真挚款待，
感激培文喜逢乔迁，虔诚坦率。

写于 2015 年 4 月 18 日

红土地之缘
——江西上海老知青感谢厉峰玉、英金华、明凤常相邀

江西知青聚华堂,年年相约坦诚当。
天伦之乐人间赞,春暖云游日月光。

廿年深情记心房,金鹏福地似故乡。
名花有主满室秀,清风徐吹友谊长。

写于2015年4月18日

相约海上春风里

去年石榴花满枝,学者相聚激动时。
黑土情深诗书画,母校方韧姐妹痴。

今日茶花艳阳迷,聆听形势一堂知。
念念难忘旧时忆,柳暗花明甘霖滋。

注:与上海市知青历史文化研究会学者马琳、方韧、刘宏海相聚。

写于 2015 年 4 月 25 日

内江花园倾诗

风吹落叶逐水流，树上鸟儿声啾啾。
青松红叶相映衬，池边相伴正白首。

暂离斗室恋竹楼，吹箫引凤话春秋。
园丁修葺美绿化，好让游人信步走。

东风浩荡梳烟柳，明媚春光解百愁。
漫步幽径芳草地，塘中闲鱼自在游。

应对压力冥思优，喜观假山鸣泉流。
寻觅栖身阴凉处，坡上翠林畅悠悠。

写于 2015 年 4 月 26 日

游沪上小园

小园坐落在内江，古樟丹枫满园香。
家邻胜景多幸遇，宽慰此生结伴祥。

布谷声中春耕言，谁知珍惜盘中餐。
劝君多爱耕耘累，勤俭节约莫等闲。

老骥伏枥好诗篇，千古名句出心源。
"忘寒亭"里藏雅逸，文人墨客字行间。

注：忘寒亭是原上海同济大学著名陈从周教授读书之地，设在内江公园里。

写于 2015 年 4 月 26 日

真情实意

十年聚散话如今,时时重现画楼形。
三清福地结情谊,"骏莱渔港"叙旧亲。

高朋满座饮香茗,觥筹交错立夏迎。
日月过客皆不易,但愿永唱杨浦情。

答谢友人秦宜相约上海欢聚,写于 2015 年 5 月 6 日

仰望义乌山区

青嶂万壑碧天耸,旖旎风光江南涌。
山色空蒙修身地,跌宕云岚养生功。

雄浑倜傥展岭峰,藏龙卧虎郁葱葱。
万千景致好佳丽,一览彩虹舒心胸。

从上海返三清山,写于 2015 年 5 月 9 日

车过"江郎才尽"

仰首云天翠屏晴,此地何处不风清。
高山流水常入境,江郎才尽万里情。

写于 2015 年 5 月 9 日

路经十里常山

十里常山美景移,绵延不绝连江西。
龙脉婉转空灵气,黛峰起伏下冰溪。

写于 2015 年 5 月 9 日

车中即事

云淡风轻近午天,杨柳迎春又一年。
春光明媚送暖意,伴我归来冰溪边。

先生刘鹏飞创作,写于 2015 年 5 月 9 日

迎归人

千里江南正当春,桃红柳绿迎归人。
冰溪两岸好景色,画楼欣赏得诗文。

与先生刘鹏飞一起创作,写于 2016 年 5 月 9 日

仙山福地连浦江

"天光云影共徘徊",青山碧水迎春来。
长廊绿树曙光照,春夏佳节兴诗怀。

"近水楼台先得月""向阳花木早逢春"。
历经秋冬冰霜雪,金桂不谢蕴香醇。

写于 2015 年春夏

夏至听雨

小楼卧听潇潇雨,天街淅沥润如酥。
山色空蒙柳梳岸,瑶琴隐隐老可居。

国事家业耳不虚,外化于行德未愚。
勤劳思维创文蕴,常使感动在心宇。

写于 2015 年 6 月 8 日

元月记事

终日忙碌病榻前,思绪零乱堪难言。
文坛喜讯从天降,多谢友人佳音传。

荣辱不惊心神安,为人正直著作欢。
阳光沐浴草木盛,四季更新日月苒。

写于 2016 年 1 月 10 日

真情相约

月色朦胧照武安,文友膜拜约岸南。
酷暑何惧谈国事,清茶助兴责任担。

民族精神五千年,巍峨雄壮山河旋。
脚下热土谁不爱,愿做小草护家园。

写于 2016 年 7 月 13 日

春雨暖人心

三十年前梨花落,春不带雨岂新生。
枯木守望万柳护,冰溪滋润灰心人。

七夕相逢爱恋纯,八月桂香友情醇。
怀玉岭上树和睦,气象繁华吉言诚。

夏日炎炎撰画缘,清韵典藏肝胆忠。
徐徐凉风入佳作,丝丝春雨暖心胸。

写于 2016 年 8 月 3 日

爱恋乡音

相依相伴到白头，由然亲切无所谋。
心秋点燃晴空日，生气勃勃赏琼州。

相依相伴度春秋，生活确保不需愁。
开发三清称福地，冰溪归隐乐画楼。

歌声飞出心中悦，梨花带雨京昆醉。
留取丹心照三清，扬州道情山花翠。

歌声飞出心中欲，梨花带雨迷人醉。
古曲何处望神州，西湖道情烟花翠。

写于 2016 年 8 月 25 日

春江水暖

春意盎然玉山群,江阔朝夕万里沄。
水拍堤岸白鹭浪,暖风拂柳倜傥君。

清秋黄叶霜满地,佛桂丹枫为知己。
漫洒诗意秀人生,春江水暖正七里。

久别迢迢盼重逢,知冷呵暖常相亲。
爱心送到寒窗里,一股暖流融冰凌。

春风又绿冰溪岸,江灯秋月群星伴。
水上琼楼今夜明,暖心团队令人赞。

写于 2016 年 5 月～9 月 18 日

冰溪即兴

凉爽溪边柳摇风,清波吹动浪鹭踪。

谁家琼楼近河岸,漫步诗成兴趣浓。

写于 2016 年 7 月

盛夏有感

下得三清住玉山,丹青临水把家安。

远离喧嚣享清静,诗情画意两心连。

与先生刘鹏飞共同创作,写于 2016 年 7 月 30 日

赞先生

诗出高手梧桐下,碧叶如伞避暑假。

遮去多少火烧天,愿与鸣蝉盼凉夏。

写于 2016 年 7 月 30 日

怀玉天路行

跌宕雄伟怀玉山,风起云涌重九天。

倚栏眺望无穷路,清绝尘嚣似神仙。

写于 2016 年 8 月 3 日

雨中曲

年逢乙未月金秋,家在冰溪唱画楼。
四壁丹青悬翰墨,粉墙明窗心境优。

月上东山枫林走,清风碧水翘天守。
长柳曼妙翠雨中,中秋赏月藏心头。

与先生刘鹏飞共同写于 2016 年中秋

三春心辉

名师端坐不显糟,
耄耋健朗挥笔梢。
红黄夹绿善公益,
三春心辉秋寒逃。

写于 2016 年 10 月 30 日

感恩节的思绪

思绪霏霏,感恩节情愫万千。

冰溪河野外寒雾朦胧,热茶暖胃让我灵感泉起激昂。

我是一棵小小草,感恩阳光雨露的滋养。

我是一粒芝麻籽,感恩让我生根发芽节节高的华夏土壤。

从无到有的我,感恩敬爱的父母从褪褓中把我护养。

从无知到有为,感恩尊敬的老师辛勤地把我教育培养。

从花季到花甲风雨兼程,感恩岁月的磨砺使我清醒而坚强。

一方水土养一方人,感恩三清山玉山的造化为我艺术慈航。

感恩节,画楼落英缤纷万般柔情,潜心创作的山水草木携同我衷心颂扬。

愿与天下志同道合者共谋发展前途辉煌。

写于 2016 年 11 月 24 日

观普洱茶乡

哀老云雾青龙昂,激流翻滚下澜沧。
千年野茶汲灵气,石台独饮女儿装。

写于 2016 年 11 月 13 日

梦游冰溪楼

冰溪天下第一楼,梅兰竹菊赏驿舟。
偶遇江南才子气,神韵如波摇绿洲。

写于 2016 年 12 月 30 日

第八章　一肩家庭　毕生艺术

（2017年1月~12月）

三清来客

顺天应人翰墨挥,道法自然乾坤威。
贵人相助有正气,殿内殿外白龙飞。

满彩瓷画伉俪缘,晶莹剔透书画源。
敬业求精芳菲萃,独领风骚兰陵园。

注:赠常州美协主席丁德源、周亦红伉俪老师。

写于 2017 年 2 月 1 日

三清缘

大年初六总顺圆,驱车访友暖冬脸。
江西知青金鹏苑,主人好客暖心甜。

又见金华伉俪来,红光满面喜笑颜。
三家六位巧相遇,吉祥和美特殊年。

曾经耕耘红土田,彼此无畏暑与寒。
独有朝花夕拾路,携手珍惜知青缘。

助人为乐老友善,罹难偏爱慷慨捐。
一如既往常相扶,关怀备至诚且坦。

天赐良机聚一楼,厉峰玉英晚宴牵。
万千感谢庆节日,立春前夕友谊编。

注:访上海、江西老知青厉峰玉英、金华明凤

写于 2017 年 2 月 2 日

春雨云水访山塘

玉山文联访山塘,轻云薄雾菜花黄。
横岭跌宕山水淡,雨中田埂红衣郎。

修竹翠林清溪傍,白墙灰瓦农家坊。
小路泥泞踏青赏,香飘神逸采风忙。

写于 2017 年 2 月

女神赋

观诗豪吟春江融,曼妙潜韵足下风。
无声有声道总胜,吴楚源头女神峰。

写于 2017 年 2 月

三清山——我艺术的摇篮

春寒料峭风雪呼,江南小雨润如酥。
感恩三清赐玉露,自然人文美景抒。

注:与刘鹏飞先生宣扬三清山,砚田耕耘乐此不疲。

写于 2017 年 4 月

读书缘

灯下明理月夜闲,唯有读书解万难。
唐诗宋词赋寓意,时时背诵不觉烦。

写于 2017 年 4 月

布谷鸟赞

对峙二十春风徐,共存人鸟心相许。
山高水长花木幽,爱心常驻自然语。

写于 2017 年 5 月

春天在这里

春风十里杏花漫,万柳千韵诗意浓。
琼浆玉液唤居士,冰溪夜夜文蕴新。

写于 2017 年 5 月

当兵的幻梦

五十年前当兵梦,铁脚战马立奇功。
五十四万儿女志,屯垦戍边卫国忠。

满腔热血冰雪封,风雨深情战友浓。
兵团战士不逊色,至今爱恋领章红。

江山壮丽中国梦,蓝天翱翔敬雄鹰。
乘风破浪仰海燕,跋山涉水赞神兵。

浴血奋战沙场拼,火海刀山炼精英。
敢叫强盗下地狱,人民军队爱人民。

写于 2017 年 8 月

师恩如山重

师恩如山钟声响,桃李芳菲满院香。
想起恩师谆教诲,尊敬仰慕心田装。

思念一曲为师唱,回望学子书声朗。
园丁栽培苦耕耘,朝如青丝暮雪荡。

万丝千缕晨柳妆,雨雪兼程夜梦航。
一路风尘淡泊志,默默传授责任当。

情满翠柏溢青嶂,义洒丹枫映大江。
寓教于人赞师道,民族精神刻胸膛。

写于 2017 年教师节

金秋白露吟三首

登武安访普宁

浩荡秋风武安来，仰仗古邑趣未改。
观音高矗普宁寺，滴水康乐感慈海。

还愿施福真虔诚，三世情缘冰溪人。
森林浓荫清凉地，石阶迤逦迈步登。

巧遇生日

返家午晌酒店遇，长寿之日忽悠现。
天意亨通巧安排，感恩慈航有远见。

沐浴神光润如珠，童心飞扬学鸹凫。
超越山水腾云驾，老有所乐不觉苦。

浮华岁月安若初，寂寥流年淡如菊。
苍茫人海明心见，清绝尘嚣有香炉。

又上武安山

隐居冰溪傍水边,画楼日月华光彩。
兴来登山访寺院,原始森林明镜台。

写于 2017 年 9 月 16 日

中秋吟

水调欢歌绕玉田,江天浩瀚月团圆。
古今遥望远思念,友谊相约共婵娟。

他乡故土琴声甜,凝聚神州血脉连。
穿越时空亲朋聚,举樽同庆醉酒酣。

写于 2017 年 10 月 3 日

师生三清情

50 年守望三清山，秀丽青丝霜雪斑。
涉水寻岭笔墨愿，峰泉云树碧天揽。

潜心巨作攻坚树，卅载酸甜彩绘赋。
中外驰名飞美誉，仿佛玉京满青竹。

怡养天命冰溪园，创作国学幸运兼。
湖色山光常作伴，友人相聚似神仙。

厚谊深情两代重，30 年雨雪皆相溶。
中秋又送三分月，关爱如初似燕鸿。

注：因卅年三清山学生诸文泉中秋探访有感。

写于 2017 年 10 月 9 日

携手三清

山川万道寻敬意，伉俪携手多绮丽。
明月千里寄相思，三清书画策源地。

写于 2017 年 10 月

感恩节的夜思

感恩节感恩，夜空上升起如眉的新月；
她启示我：不忘初心牢记使命；
去感谢所有帮助关怀过我的好心人。
我仰望温柔似玉的柠檬黄，她馈赠我一个共赢的美景；
只要给予我一点闪亮的光明，我都得感恩回报。
冰溪河的月下波光，会送去我对良师益友的感恩！
今晚感恩节，灯光如珠似银；
仿佛看到一个个最牵挂的人，照亮着每个前程！

写于 2017 年 11 月 22 日

第九章　劳累度日　不忘写作

（2018年1月~12月）

乡村之晨

青山隐隐朝露白,浅滩碎石牵牛踩。
渔夫担鹰待渡舟,耕耘收获小康财。

写于 2018 年春

寒梅咏

凌峭独步铁骨身,冰封雪压百花沉。
唯有丹心向天誓,笑傲江湖迎新生。

写于 2018 年 2 月 8 日

仙境玄关

云雾家乡三清山,松石画廊若飞仙。
出水芙蓉朝福地,江南绝境悟玄关。

写于 2018 年 2 月 10 日

人间天上

奇峰插云三界傲,鬼斧神工总异造。
观音渡海善慈航,人间天上览众妙。

写于 2018 年 2 月 11 日

玉台迎春

琼玉山头迎新岁,三清妙笔英豪会。

才子荟萃七里亲,年年有鱼冰溪脍。

写于 2018 年 2 月 26 日

菜花吟

菜中之花黄如金,不怨春寒抱团亲。

阡陌田野滚海浪,疑似青春芳华今。

写于 2018 年 2 月 25 日

故乡情

横峰游记返乡情钟,白云为媒蓝天送风。
田野绿浪宝树串红,群情阡陌古镇繁荣。

写于 2018 年 4 月 18 日

独恋春

四季更迭独恋春,万物复苏百媚神。
雨润落英还魂似,怜香惜玉葬花人。

曾经一面英俊生,终生难忘儒雅诚。
海鹰设宴诗话盛,华灯相映酡颜增。

写于 2018 年 5 月 2 日

夏日吟

半世丹青迎晓风,笔飞墨舞三清峰。

闲情逸致抒明月,焚香操琴听禅钟。

写于 2018 年 6 月 6 日

普宁寺禅意

禅音袅袅普宁来,养心亭间清风徘。

花林送爽诗泉涌,山清水秀半城裁。

写于 2018 年入伏

绿茶

您是我生命中的绿洲,
缓解我抑郁焦虑的法宝能手。
茶缘引导我智慧创作琴诗书画,
汲取那天地精华与我长相守。
我爱您——金枝玉叶,
令人一辈子健康快乐的彼岸芳洲。

写于 2018 年 6 月

内江公园抒怀

十月阳春内江吟,大樟树下美歌听。
健康佳册读不厌,童心犹燃莫变心

先生伏椅午间寝,吾兴尤倾少年情。
微风起波碧天地,勤鸟乐林求其鸣。

写于 2018 年 10 月 7 日

九九醉心枝

重阳登高正当时，沿河香桂醉心枝。
江山如画圆众望，大国风度逐浪驶。

写于 2018 年重阳日

三清缘 师生情

三山五岳壮美咏,清风明月护神灵。
山色空蒙舒广臆,仙山福地传古今。

开发名胜数十年,共创"世遗"骏业连。
登山涉水凌绝顶,修炼三境永相连。

卅载变迁好学生,艰难成才精英根。
旅游文学编山志,后起之秀"天命"遵。

尊师重德仁爱心,登门慰问送温馨。
人间自有真诚在,风雨无阻师生情。

写于 2018 年 11 月 14 日

立冬诗韵

寒凉忽闻君诗风,清雅淡彩迎立冬。
长天浩瀚不见老,七里含霜情更浓。

写于 2018 年 11 月 7 日

友谊长存

凄风苦雨初冬寒,野外无人浦江潺。
与君热谈如昨日,50 年真情各北南。

与沪上中学同学邵惠玲相逢,写于 2018 年 11 月 12 日

初心犹在
——致蔡萌萌艺术家

顶风冒雪饶州览,依稀别梦泪未干。
孤舟野渡顺流去,回眸故人渐步远。

山重水复万种情,柳岸画萌又一新。
花木清香庭院翠,娄东雅作绝品精。

失之交臂何半百,历经沧桑难为海。
云飞月移弋星辰,惊喜画展羡汝才。

写于 2018 年 11 月 17 日

冬日情二首

（一）

冬日邀友赏冰清，千年古色一派新。
长堤相伴携老幼，情景融洽人间亲。

（二）

弟子助我千钧力，每遇家难挺身济。
乡音依旧耳边鸣，山穷水尽何处觅。

写于 2018 年 11 月 24 日

老乡磨薯粉

谁言薯粉不当时，千锄百沥白玉尝。
日下耕耘万般苦，家乡淳情泉水装。

写于 2018 年 12 月 5 日

师生团圆情半世
——写给上海原宁三小学 63 届一班丁慧君班主任

恩师您好长寿人，慈祥可敬依然真。
大雪重逢九天乐，尊师爱友无限诚。

写于 2018 年 12 月 8 日

冬至诗韵
风魄雨魂冰溪霏，九霄霜雾坠香帏。
花雕又添冬至梦，一阳生机日长微。

写于 2018 年 12 月 22 日

第十章　自强不息 上善若水

（2019年1月～12月）

小雪

风霜雨雪注彻寒，地震台风何责难。

生死未卜叹劫憾，善意问路感天干。

写于 2019 年 1 月 4 日

爱乡间

灯下彩桥流水光，空中疑聚大寒霜。

抬头静望武安媚，如梦如痴爱故乡。

写于 2019 年 1 月 24 日

静待时光佳音

一月刚去,春尚在路上,两个季节的交替毕竟难挡。
落叶早已缤纷在雪原里,群鸟南飞高空鸣响。
月升日落消沉在碧水中,不经意间染红了湖面与城墙。
一株月季静观夕阳的流金,这是一份情有独钟的时光。

冬令已经离去大半,寒冷将所剩无几地退场。
然而在南方的庭院里,牡丹却盛开着国色天香。
意正浓,掩映着青砖黛瓦吟唱。
银杏树在窗棂外若隐若现,浮出水面的游鱼在波纹里荡漾。
静待岁月佳音,赏心悦目。
驻足观望立春脚步的临近,与此同庆年味十足的故乡。

曾经的一朵朵姹紫嫣红,虽已凋零但静候萌芽的泥香;
伫立垄边,肃默沉思,时而心生一片湖光山色的农庄。
时而默念一位良师益友,相看落雁南渡北风吹江上。
此时,诗人们就喜欢梅花的斗雪傲霜。
最爱黄昏竹影里的暗香浮动,仿佛在寒冷里催生春的联盟。

写于 2019 年 2 月 1 日

守岁迎春

立春接福除夕夜,百年巧遇问宫阙。
爱您依旧阳光里,张灯结彩守岁雪。

乡土风俗传古今,长幼聚欢熬天明。
醉里煮茶香四溢,梦中望月思乡亲。

韶光追游遥迢吟,莫管萧条闻佳音。
同祝共庆又一岁,年年平安友谊深。

睡意更听春晚曲,今宵无眠良辰掬。
拂晓才知冬已去,勿忘春风千里驹。

流年似水忽古稀,踏尘敢浪新时期。
祝福天下爱心士,金猪馈赠万寿祈。

呼唤春使在今朝,一缕东风寄云涛。
穿越传奇多少事,绮丽迷蒙美此宵。

写于 2019 年除夕夜

元宵情

冰天雪地迎春归,浓浓碧雨醉灯辉。
风定斜阳伴元月,举国热闹绽红梅。

写于 2019 年元宵节

风雨无奈友情暖

凄风苦雨奈何天,人生祸福转瞬间。
安得善地友情暖,一任群芳春意怜。

写于 2019 年 2 月 25 日

追悼刘鹏飞先生

别梦依稀何瞬语,清明惜离滂沱雨。
谁家悲痛失亲人,山穷水尽仰天楚。

相敬如宾爱似初,相濡以沫冰溪呼。
如今仙逝驾鹤去,诗情画意何处趋。

九天朗月照恩师,水激千里鹏飞辞。
香消魂断奈何桥,黄泉花舍哀夜思。

霜打青松五年如,殚精竭力无归途。
多亏友人皆相助,义薄云天疑难除。

筹款追悼祭先师,上下奔丧不推迟。
国学名家人人敬,辉煌大业三清知。

几番风雨几番愁,肃寒凌厉料峭忧。
情景释怀少春怨,淬炼意志渡兰舟。

写于 2019 年 4 月 4 日清明下午

念慈母

小楼临溪荷风雅，层岚叠翠映晚霞。
何时聆听母嘱咐，相看寒灯细品家。

写于 2019 年 5 月 12 日

寄雨

夜深人静听夏雨，滴落屋檐寄佳语。
连天泉声绕寝边，香远益清梦里居。

潮起潮平求生涯，云舒云卷美如霞。
岁月沉浮多思量，采菊东篱南山家。

写于 2019 年 7 月 8 日

雨夜听诵

昨夜雨声和诵声，清香溢远痴醉沉。
辗转思服景中意，宕跌瓷盘珠玉铮。

注：思服，出自于《诗经》"寤寐思服"；意，即心中怀想。

写于 2019 年 7 月 9 日

清气在人间

明明沙滩落红燃，漫漫夕阳吐斑斓。
青春已失有画卷，舞动浪漫情满天。

坚冰深处春水萌，尘埃落定秋月升。
淡怀释然无幻梦，独凭清气在人生。

写于 2019 年 7 月 14 日

思量夏雨

夏暑推窗望滂沱，淫雨急骤情蹉跎。
乱风飞枝荡秋千，台榭淹水堤链卧。

忌惮狂为有灾祸，百转冰溪无处坐。
人间多难祈天晴，沧桑一片空白过。

写于 2019 年 7 月 14 日

访玉山官溪

官溪留影盛夏天，乡间板桥九曲沿。
荷塘花香暗自在，清风拂莲赏眼帘。

写于 2019 年 8 月

冰溪河

杨柳岸冰溪西流，武安顶玉宇琼楼。
繁星闪烁邀明月，霓虹珠光延河流。

晚风轻抒松下悠，童心未泯放歌喉。
重温老调情犹在，时见渔火游扁舟。

写于 2019 年盛夏

冰溪一念

白云为絮吻山岭，蓝天作床摇诗心。
秋风飒爽吹雅致，石凳闲坐饮香茗。

叙旧难找梧桐林，寻亲不见鸳鸯亭。
怎知人海苍茫雾，遮瑕掩疵苦乐吟。

写于 2019 年 9 月 22 日

因秋思源

朱颜憔悴成沧桑,瞬间青丝霜雪藏。
紫陌几径烟云罩,风沙一路秋水茫。

滚滚长江东逝水,潇潇古木乾坤巍。
物华天宝醇相宜,秋去冬来难复归。

惊觉秋思魂不见,只因早入丝竹间。
旷野蓬蒿栖白鹭,桃园菊黄迷世贤。

芸芸众生何为闲,喜忧哀乐终沾边。
红尘苦旅须放量,主宰人生瞻前沿。

迎面芙蓉独立鲜,敢为仃伶化锦嫣。
与时俱进蓝天下,香韵自然落书签。

泱泱宇宙洪荒间,祖先创业五千年。
辽阔经典常浸润,书海文蕴守尊严。

写于 2019 年 10 月 18 日

姐妹亲常相慰

顶风冒雨奔"海仑",姐妹相聚似娉婷。
十里洋场寻老店,一路红尘拍摄勤。

当年同车北风吹,亲密无间黑土挥。
热血汗水洒疆域,七旬重逢在南归。

钟姐盛情美德亲,培文赤胆良知铭。
德慈虔诚助人乐,受益匪浅慰我心。

曾经大漠风雪驰,至今未敢跨连池。
万水千山常惦记,切磋养生楼台琪。

注:原上海知青赴北大荒黑龙江生产建设兵团一师五团战友,今又重温51周年苦乐岁月相逢在上海南京中路"海仑宾馆",感谢钟姐热情设宴。

钟姐:钟志耘;培文:李培文;德慈:薛德慈。连池即北大荒五大连池。

写于2019年11月13日

恋乡音

一派浦江夜景流光四射风韵重重,
赛过十里洋场满街秋声落叶红。
吾即仰慕多感悟,
身边的朋友们,多才多艺。

一段柔情似海雅致妩媚的沪剧歌,
阿拉上海人大伽一定勿会忘记哝;
吴侬软语嗲声嗲气醉倒不少上海佬,
心驰神往涟漪波澜恋乡恋情恋峥嵘。

写于 2019 年 11 月 15 日

冬访浦江

北风呼啸冷透心,冬雨骤晴浦江临。
海风卷走一片雾,挥手明珠宝塔擎。

写于 2019 年 11 月 28 日

小楼空巢

控江廿年陋室铭,北屋临街风波亭。
可怜书画无声挂,卧主忍心常苦吟。

写于 2019 年 11 月 28 日

遥寄禅音那一天

高山流水遇知音,泉吟低诉禅心灵。
飞瀑荡雪白雾泻,超越人间几多情。

写于 2019 年 12 月 13 日

冬游开化名胜二首

瞻赵鼎宰相故乡

吴头山高向青天，群岭朝拜赵鼎先。
碧江环护风水地，丽日晴空今古瞻。

人杰地灵甚悠闲，将军美鱼分外鲜。
阶台写生绕远道，清风香气浓味缠。

仰慕大型根雕

世界根雕开化源，依山傍水叠城关。
凝聚佛国万千座，惊仰华艺诚方安。

似曾相识广袤国，梦游仙境弥陀佛。
心存慈善宰相肚，勿以已悲酒乡酡。

写于 2019 年 12 月 16 日

丹心照三清

一担樵夫出雪霁,诗诵十足书生气。
为有造化新时期,快马加鞭壮怀屹。

有缘千里朝夕迎,咫尺天涯不孤吟。
京杭运河八百里,丹心一片照三清。

写于 2019 年 12 月

鹏飞仙逝

毕生登临诵三清,云海雾涛朝圣灵。
鹏飞浩荡飘仙逸,一代文豪变雄鹰。

写于 2019 年冬至祭

第十一章　人杰地灵 升华境界

（2020年1月~12月）

访安徽大学士许国老牌坊

我谦卑在
大学士八角牌坊的门前
心驰神往……
穿越历史的风风雨雨
我似乎听到
远古柴门寒窗里传来的读书声
那送上金榜红匾的鼓乐吹打
那人群似海的祝福声声
响彻云天 喜气沸腾
我惊诧了简直木呆了……

我思忖
假如我赶在那个年代
将是一个怎样的文人
女儿家努力
巾帼不让须眉志
勤耕细读会有出息吗
当状元佬做学士
皇朝打不破男尊女卑的

我卑微在

跨越时空隧道的梦幻里

反思那严格科举制度

封闭在独立的考棚里应试

那些飞笔舞墨的秀才

高手如林的白纸黑字

那些文人墨客

充满了才气横溢的炫彩

可惜在新时代

妇女能顶半边天了

我都没成就毫无出息

还有什么资格评古论人

我无限崇敬地瞻仰

那些代代相承

无上荣耀的精英

是华夏民族五千年古文化的精神力量

写于 2020 年 1 月

三清山卧龙山庄相聚

风雨交加寒气笼,长路漫漫湿雾浓。
良师益友喜团聚,王赛邀请到卧龙。

尘缘一曲慷而信,庄园湖色波光映。
相见不忘品红袍,人生温暖在仙境。

写于 2020 年 1 月 11 日

清气在人生

明明金沙落红燃,漫漫夕阳吐斑斓。
青春已失有诗画,舞动浪漫情满天。

坚冰深处春水萌,尘埃落地明月升。
淡定释然无幻梦,独凭清气在人生。

写于 2020 年 1 月 11 日

生命画卷

光阴如水素简心,流年静守笔墨吟。

河岸樱花纷浪漫,三春画卷蓦然新。

写于 2020 年 3 月 27 日

艺海兰舟赋真情
——即兴于杏花村

三清湿地信江源,冰溪长流清澈泉。
滋养岸边红月季,一路沿城回眸鲜。

花开四月人间天,芳菲不负赏景虔。
晌午揣食提篮去,诗情画意舒心田。

自然水乡寂静潜,翠鸟翘角眺山峦。
武安侧峰金字觅,草木潇潇映波澜。

谷雨祥云游群岭,菁华浮梦长廊吟。
醉听喜鹊美诗诵,艺海兰舟赋真情。

写于 2020 年 4 月 23 日

舒心河

汗流浃背望河清,几缕微风可舒心。
余晖西落别樟树,东升弦月伴小亭。

写于 2020 年 5 月 4 日

杏花凉亭

夏天闷热满身燥,丢下文稿野外跑。
杏花长廊吾爱处,石阶上下凉亭找。

花木避荫行人少,傍晚尚听叽啾鸟。
泉流静淌织苏绣,点点翠雨吟牧谣。

写于 2020 年 5 月 9 日傍晚

最后的"香格里拉"
——赞玉山双明乡漏底村

"喀斯特"貌造天坑，陡峭岩壁陷桶轮。
溪沟北流渗石缝，"七一水库"暗河腾。

灰岩船山唱霓裳，逸群吉伦祥村庄。
时雨润物滋生态，风韵玉山情徜徉。

立夏晴空云如絮，小车神往高峰区。
清绝尘嚣无人迹，大鹏回旋等吾趋。

青嶂着意迎仙班，净土古落莫唏嘘。
山环水转有灵鹫，天高地阔畅怀吁。

小道迤逦红瓦鲜，泥墙根置百年余。
鸡鸣犬吠舞罗曼，邱爷盛情开水滤。

太甲山下茂竹林，一汪泉水引渠清。
友人捧水喝个够，笑回童趣倾心饮。

"油菜花香"电视剧,"又见山里红"她家。
热情招呼享午饭,母女好客茗香茶。

筛中辣椒红满腮,野外枇杷随手摘。
绿色珍果恋野地,村口老树神奇来。

小径幽然苍鸟咕,矮墙长巷有农夫。
田间场院收菜籽,脱贫致富病害除。

观景石上极目瞰,磅礴气势连九天。
笔下龙蛇游佳境,今生有幸化云烟。

柿子宽叶遮炎舒,峻岭深处有碧湖。
香格里拉"漏底"驻,万绿丛中一明珠。

世外桃园神仙归,幸福乡间下翠微。
若有甜梦归故里,倚在窗下等月辉。

写于 2020 年 5 月 12 日

黄昏恋河畔

昼夜急雨下冰溪,浊浪翻滚向堤西。
寒湿添衣杏村去,夜幕将至亭间依。

兴起作诗百会清,察言观色自然吟。
醉眺横岭青一抹,回溯路径漫步轻。

写于 2020 年 5 月 30 日

雨后新境

暴雨过后晚来晴,彩云飞渡万象新。
东方长龙横青黛,凤凰涅槃向南行。

玄妙莫测惹人喜,踩入污藻莫恨泥。
人生难得遇彩超,稍纵即逝堪惜己。

写于 2020 年 6 月 1 日

一生最爱

梦里的光感，撩过那潺沄的清泉。
多情的云彩，飘向那暮色的天边。
我愿黄昏里，再次洄溯着河畔。
追逐荏苒的光阴，寻找月照柳梢头的浪漫。

孤平的思迁，总会有可怜的嗟叹。
迸溢的光辉，总会有白昼的光斑。
雨后彩虹现，翠竹瓦屋成绵延。
独领风骚的冰溪，酷似迎接着重情的人间。

极目美丽的群山，所有烦尘烟消云散。
一生一世的最爱，是一抹夕照的香莲。

写于 2020 年 6 月 10 日

碧穹送千祥

半天风雨半天阳,黄昏碧穹送吉祥。
普宁朱瓦青山下,云雾千层水面扬。

优雅长廊伴柳桩,倚栏玉阶清溪旁。
纵横捭阖凡间事,愿君轻松更健朗。

写于 2020 年 6 月 27 日

雅风荷艳
——赠官溪梅启贵老师

吴头楚尾玉山县,众芳斗艳高手见。
千年古邑赞大伽,仙岩官溪博士现。

似曾相识去夏荷,丽姿缥缈怎奈何。
望断乡土典雅处,冰清玉洁白莲藕。

写于 2020 年 7 月 4 日

长醉歌灵山

今日灵山送晴空,久雨暂停舞彩虹。
碧海蓝天"美人"卧,清泉长流畅心胸。

曾经远慕云中君,神秘面纱情独钟。
寤寐思服三十载,隔山隔水难相逢。

巧遇友人赴信江,日照香炉共翱翔。
横空出世立千壑,巍峨主峰惊人仰。

高耸九霄似月宫,天兵天将威武忠。
迤逦盘旋登山道,寂静清润岁月封。

寻幽览胜瞻群列,千里江山收眼底。
浩荡青嶂绿浪翻,几道金光闪天际。

云雾缥缈幻沧桑,睡峰妙相神仙乡。
凝视壮美恨难伴,沉醉福地嗟叹长。

一亭明月俯潺梦,万竹紫光引丹凤。

甘从春秋临窗寒,觅求一日琼楼颂。

谁知默默丛林乡,闻讯相悦草木狂。
以石为枕花如霰,一生爱景托文章。

写于 2020 年 7 月 9 日

雨后向晚

雨后散步乘凉息,七分明月落冰溪。
五彩波光如泼画,游鱼成群泛涟漪。

月亮亲和一路行,何为宠爱心志铭。
玉虹桥下纵情唱,三份留吾作丹青。

写于 2020 年 7 月 30 日

秋燥闲情

初秋胜夏炙热天,唯有蝉鸣树上尖。
行人不知清风爽,阴凉河畔乐无边。

静山徽屋永相持,流水白鹭常别离。
人生难测世百态,坐看云淡约柳溪。

写于 2020 年 8 月 10 日

荡漾"七夕"的歌

树下聆听天上歌,新月朦胧双星柔。
惺惺相惜度神韵,重寻梦境今宵酬。

写于 2020 年七夕

处暑有感三首

（一）
处暑嫣然高温尝，野林徐风始觉凉。
蝉虫知秋少喧闹，神定气清思绪忙。

归去来兮陶公命，80天辞官田园亲。
采菊东篱山气媚，终日酒香吟诗琴。

（二）
清秋初凉透体肤，才觉蝉鸣已亡途。
垂柳飘逸吻水浪，温存长倚雕栏湖。

山下排红廿四字，核心价值人间示。
环境洁美文明城，更有美妙神彩奕。

（三）
昨夜月圆缺一分，漫步绿堤遇友人。
依山傍水纵情唱，彩河荡起欢乐声。

近午冰溪无人行，唯见垂柳拂水轻。

秋风吹散三伏热,晨练依然保身心。

烈日少雨汗水蒸,只盼甘霖润田埂。
乡村祈愿收成旺,来年致富创新生。

写于 2020 年 8 月处暑间

树下读书

果真高温秋虎怪,晨练无几在野外。
我自独喜享古林,坐到日头天地晒。

河风辅读《道德经》,唐诗宋词疏心灵。
人生劫难何为贵,趋利避邪未敢轻。

写于 2020 年 8 月 20 日

秋风秋雨

几场秋雨寒袭来，架上旗袍依墙呆。
为吾排遣三夏热，端庄雅致喜莲开。

秋风秋气沿河凉，唯见凝神钓鱼郎。
丝雨蒙蒙滩边坐，愧欠白露吟诗忙。

友人佳音萦心怀，金玉良言多文才。
遐迩无妨诉情志，山高水长觅瑶台。

人生苦短云路迢，前世有缘三清邀。
历经磨难迎秋色，凯旋收获金桂娇。

写于 2020 年 9 月 21 日

走访田畈村老乡

清秋柔风送晨曦，湿地乡间芳土依。
驱车专访农家乐，展望绿野分外奇。

张姐陪伴坐田沿，亲近硕果忆当年。
南瓜红辣玉米棒，一抹群岭更缠绵。

蝶飞鸟鸣戏无疆，花开藤蔓爬树墙。
拥抱美丽悠然叙，田畈村里笑声翔。

本土好手佳肴烹，天生滋味一方淳。
老者开怀咧嘴喜，辛勤耕耘好收成。

呼朋开宴兴趣饶，酒坛溢出纯谷烧。
蔬菜猪蹄粉蒸肉，香气满院醉今朝。

乡情友情歌声喧，阡陌小径似桃源。
采菊东篱南山下，去留无意云海闲。

写于 2020 年 10 月 14 日

第十一章 人杰地灵 升华境界

听琴品诗

平沙落雁清心铭,芦荡渺茫抚慰吟。
山岳纵横传天籁,时空穿越为知音。

写于 2020 年 10 月 19 日

走向所爱

数日繁忙难吟诗,脸盘老气渐多时。
水色山光依滋润,走向所爱未觉迟。

冰溪野鹤多鸿志,赏景寓情少烦事。
拥抱自然度雅生,清心寡欲才明智。

写于 2020 年 11 月 1 日

人间天籁有知音

凌空晨曦唤黎明，雁过脆铃醉心灵。
随乡入俗沉诗意，清风朝霞著丹青。

亘古马蹄纵驰骋，激荡胸中呼豪情。
秋去冬来又一季，雪飘温柔似叮咛。

上苍云游流水吟，青山隐隐共和声。
乾坤默契永相爱，风雨伴君敲窗棂。

雁归江南人字行，回眸草甸留芳馨。
为爱博翔瞰江岳，人间天籁有知音。

写于 2020 年 11 月 30 日

冬至念亲

冬至丽日望窗棂，追风赶尘向天陵。
岁月流转人已去，往事如初君犹亲。

满把青光照诗情，一腔热血洒三清。
吴山楚水永相伴，墨舞笔飞沁心灵。

写于 2020 年 12 月 21 日

第十二章　为有诗意 家国情怀

（2021年1月~6月）

大寒诗友来访

风雨诗友访寒舍,凤鸾佳配诚相守。
温文尔雅品香茗,蓬荜生辉词更柔。

心触清灵透笔端,目游景润生紫烟。
围炉取暖论道义,同舟须作情海天。

写于 2021 年 1 月 22 日晚

风雨寻梦

琼浆玉液醉诗声,风雨寻梦未敢停。
柳岸灯明独留恋,三清异彩唤心灵。

书生意气传信江,儒雅仁义赋酒乡。
唐诗宋词何时了,舞文弄笔古邑彰。

写于 2021 年 1 月 23 日

爱书恋诗

唯愿传承留人间,喜见鸿楷案上添。
书画小楼寻古意,相由心生开慧天。

寒窗自幼恋诗景,宁为孤傲千首秉。
穿越文海忘风尘,半世陶醉境界炳。

写于 2021 年 1 月 26 日

玉山文昌阁

冰溪七里街城门,好似古贤化逸神。
最使赏心状元桥,文昌阁聚诗书人。

写于 2021 年 2 月 2 日

相倚琼楼

立春之花临山崖,文昌秀阁翰墨家。
胜缘巧遇青云客,牵手七里共采霞。

龙飞凤舞开怀喜,雕栏玉砌香雾起。
与君分享古文明,美若诗仙琼楼倚。

春风化雨万物复,山河洋溢梅香吐。
七里长街雄壮阁,"文昌帝君"闪星宿。

虔诚朝拜"文昌阁",五进琼楼心气和。
文人墨客欲欢唱,笔下流彩立春歌。

今夜群贤围河星,珠光宝气满丹青。
红灯挂檐风铃动,芳意千重拂诗情。

久违秀户谁叩惊,碧水长流独幽馨。
主人沏茶"青钱柳",此宵春饼惹人亲。

谈笑鸿儒思议新,焚香缭绕传佳音。

斯时斯春犹贴近,好想细述到天明。

传承千古万柳松,昌明儒学踏峥嵘。
文运为先盼皓月,诗家灵犀一点通。

写于 2021 年 2 月 3 日

赠花花画家

落雁白衣望晴空,草滩徘徊书香中。
柔情似水寻佳梦,丝绸花路愿由衷。

写于 2021 年 2 月

春寒料峭

大年初一逛冰溪,艳红茶花樟边依。
长廊碧水无人恋,只因料峭春寒堤。

霓虹灯火傍山河,桥头屹立湿地阁。
激吾灵感千层浪,牛年首日写轻舟。

丹心红巾化笔意,榭亭入怀起思议。
相约良宵度一时,夜光珠宝流天际。

桂林幽径常默契,木屋板凳荟萃忆。
相敬如宾似当年,遥望飞鹤草滩糸。

写于 2021 年 2 月 11 日

赠踏歌行

千金难买才子歌,行云雁影落雅阁。
流水汩汩春风乐,文昌瑶台笙箫和。

写于 2021 年 2 月

年首晴

年前风雨漂凡舟,一汪爱河明镜洲。
金龙彩凤双桥舞,水上倒影千层柔。

上苍恩赐年首晴,走街访友阳光亲。
文成古塔钟灵秀,春意盎然暖心盈。

写于 2021 年 2 月 12 日

观德兴凤凰湖

水中洛神云中吟,凤凰涅槃向三清。
火树焰花闪神梦,凭眺幻觉顾昔今。

曾是知青开荒地,"吊钟""洎河"美景倚。
锦上添花忆当年,生死冤家随泪洗。

"云山烟水苦难亲,野草幽花各自春"。
山川之宝德乃兴,江南奇楼银山城。

古龙山上"聚远楼",宋高宗御墨千古留。
历代名流赋绝唱,繁星丽日壮志酬。

写于 2021 年 2 月 13 日

看新月

一弯新月初上空,如眉似钩荡河中。
爱其稚嫩乳香韵,亦娇亦滴躲树丛。

世界最美皎月娟,高洁无瑕慰人间。
天涯海角银光照,宁静温馨结心缘。

写于 2021 年 2 月 14 日

春暖心

春风送来初九天,晴空万里向阳酣。
碧水青山醉妩媚,紫兰簇拥柳芊芊。
儿童念我迟不见,依依不舍挨身边。
仿佛久别人间爱,留影再约冰溪滩。

写于 2021 年 2 月 20 日

诗意仙

适逢初七雨水期，人间生日福禄兮。
山岚轻风入廊阶，阆苑奇葩苍翠滴。

树梢微拂嫩芽青，桃李含苞樱袅娉。
玉兰素装羽衣曲，春雨潜入细无声。

乍暖还寒一雁飞，柳烟催绿疏影稀。
画楼一夜听溪韵，万里云罗佳梦栖。

生机盎然地暖先，飞鸟和鸣众林间。
晨露叶霜渐消去，阳光普照诗意仙。

写于 2021 年 2 月 18 日

相见时亲别亦亲

昨夜春风昨夜情，冰溪碧空闪柔星。
品茗暖意别离处，四股桥乡豪歌吟。

相见时亲别亦亲，南雁北归何时鸣。
遥望有期伊犁梦，山色空蒙暗香迎。

写于 2021 年 2 月 25 日

欢度辛丑元宵节

如期而至元宵牵,承上启下中国年。
辛丑之首圆月夜,繁华似锦别样欢。

倾心热闹红浪掀,称心如同甜汤圆。
风调雨顺吉祥月,蒸蒸日上好景天。

"春到人间人似玉,灯烧月下月如银"。
乍暖还寒花枝俏,百媚绽放家国情。

网络祝福热火蒸,传递穿越万里行。
亲朋益友喜互动,天涯海角共天明。

元宵谦让雨丝飘,野外冷清寒意萧。
晚会沸腾精彩舞,万家留恋祝声高。

写于 2021 年元宵节

爱国诗人辛弃疾

金戈铁马破天驰,沙场勇猛更传奇。
沉郁豪壮青玉案,词海之龙人中杰。

武侠仗剑中原习,才高下马创史诗。
忧国忧民"鹅湖"论,抱负失意迟暮凄。

注:鹅湖,地名,辛弃疾曾在鹅湖居住,写有一首词《鹧鸪天·鹅湖归病起作》。

写于 2021 年 3 月 3 日

长廊吟心诗

新雨过后访冰溪,岸垂柳烟吐绿丝。
抬头玉兰紫微斗,廊下迎春黄满堤。

杏花水榭吻碧池,一对白鹭柔情痴。
落日双影天地爱,吾独长亭咏新诗。

写于 2021 年 3 月 4 日

南坞之行

——随团出访浙江省江山市中国历史文化名村"南坞村"

官溪近邻江山知,未料邂逅杨家祠。
"理学名宗"耸大殿,"南坞"碑前久沉思。

东汉"四知堂"祖赠,太尉将军属杨震。
天知地知你我知,清廉持政国防任。

霏雨淅淅落眼睑,缅怀先父庭训严。
分毫不允拿公款,两袖清风正气言。

"鹅湖"吞战善恶惊,至今定论有何音。
日月徘徊书院在,寓教于人重德行。

饮水莫忘挖井人,八角井宽游鱼神。
杨氏锦旗威武漾,元清宗祠几番沦。

春寒料峭步未阻,雨淋桃花庭院舞。
美人井边"梁祝"吟,"大宗祠"下怀千古。

屋外溪流伴老树，寂寞长巷探宗谱。
野花氤氲窜鸡群，长河两岸茂竹护。

一线幽径述巷窗，杨元通旧宅黄泥乡。
文昌阁楼书香逸，民族馆内盛吉祥。

明山秀泉天际源，此地寥落无人烟。
粉墙灰瓦凌风在，红尘繁冗难纠缠。

南坞之行朦胧圈，可爱亘古血脉缘。
史记进化非凡响，列祖列宗鞠躬瞻。

写于 2021 年 3 月 19 日

清明前

朝雨涤清满街埃，午后显晴瞬开颜。
古城新绿滴翡翠，人间最美四月天。

潮起潮落无尽渲，云舒云卷纵情跶。
岁月荏苒皆过客，一世修德去无惭。

清明祭君向天陵，野外飘落花瓣吟。
幸有师生诚相赴，鹏飞万里不孤零。

仙山福地亦欣慰，苍松深处藏国粹。
青烟缕缕绕精英，瓢泼大雨哭心碎。

写于 2021 年 4 月 1 日

清明点心灯

——祭奠我的至亲至爱

狂风暴雨落清明,霜雾纷飞祭亡灵。
点燃心灯缅怀祭,故世远去化烟青。

"相见时难别亦难",山水无奈百花残。
遥望蝶飞常牵挂,天堂之路愿安宁。

写于 2021 年清明节

爱恋杏花村

杏花村景常眷恋，仿古踏青奇葩艳。
杜牧寻酒拂清明，牧童遥指又相见。

闲坐静听灵泉恋，墙角月季觅芳愿。
巴茅苦竹话青葱，松柏檀香遍缱绻。

天高云淡独自会，便引诗兴染翡翠。
多情垂柳荡亭边，应物长宜宽心慰。

一生倥偬无颓废，半世伶俜醉山水。
风光旖旎美人间，尘缘如梦也荟萃。

写于 2021 年 4 月 25 日中午

暮春冰溪夜

春风又度冰溪夜，红柳长丝吐心切。
碧空似海妙湛蓝，琼楼雕桥金玉泻。

柔情似水映月阶，佳期如梦花不谢。
绚烂夺目满湖灯，社会价值明境界。

写于 2021 年 5 月 3 日

立夏醉石榴

万物争秀立夏来,百媚花馨扑心怀。
遥见茂树结红蕾,二三半朵含羞开。

五月石榴醉痴呆,子孙满堂吉祥栽。
野外根植西域梦,领悟张骞特使才。

顶礼膜拜石榴缘,晶莹剔透红宝圈。
儿时母爱种盆景,不负韶华日日牵。

曾是京城访香山,友人榨果尝润甜。
久溢美味难遗忘,今朝亲逢更嫣然。

注:石榴原是汉代张骞大使从西域迁来,多么珍贵,感恩!先母邵瑛曾在老屋种石榴树年年开花结果。

2021 年 5 月 5 日写于冰溪畔

战友欢聚在北京

北大荒啊,您是一个千里冰封万里雪飘的洁白世界;
知青们啊,皆有一段特殊年代激情燃烧的豪言忠诚;
兵团战士,怀揣一股报效祖国热浪滚烫的青春活力;
十年光阴,磨练一生坚贞砥砺脱胎换骨的奉献精神。
是老知青勇敢拼搏的北大荒精神把我们紧紧相连,是同舟共济肝胆相照的人性力量把我们心心相印。

我们从花季少年到花甲鬓霜永不分离,相见时难别亦难,咫尺天涯若比邻。
53年聚散眷恋的磨砺,没有改变我们的友情。
53年风风雨雨的阻挡,不能抹去彼此的纯净。

啊!半个世纪沧海桑田一村又一村,半百人生不忘初心,我们努力再向前。
活出生命的价值,活出人生的精彩。
"青春由磨砺而出彩,人生因奋斗而升华",愿与战友们互慰互助,相拥共勉!

写于 2021 年 6 月 1 日

情深在尾山

弹指依稀五十载,荒友依就情似海。
江南塞北连理枝,青春舞动唤七彩。

友谊不嫌花甲老,燕山团聚倍勤劳。
网络上下手足情,颐养天年幸福找。

北有翰墨兰芳香,南有丹青芝兰藏。
共赴北疆青春献,有缘相逢艺术乡。

写于 2021 年 6 月 1 日

夏夜冰溪行

莫非琼台逢三清，会当月下冰溪逢。
金碧辉煌神仙居，参天柏树迎清风。

写于 2021 年 6 月 6 日

端午寻忠魂

银海云涛游端阳，祥云飞驰向虔诚。
莫非汨罗千古怨，天涯海角寻忠魂。

晚霞万里织锦新，探密人间艾蒲情。
清香粽溢九霄去，觅得大夫新月吟。

写于 2021 年 6 月 14 日

玉山的"东方威尼斯"

凉风引我向天边,白云丹枫倚武安。
杏花村畔碧水荡,美音响起向河滩。

社会价值灯晶莹,映入绿柳变红林。
蓦然回首新月上,转眼寻觅无踪形。

蛙声幽幽泥藻潭,似闻岸上歌舞姗。
夏夜微风生态美,享尽环保甚释然。

为有诗意多乐听,独步长堤养身心。
忘却红尘多少事,"威尼斯"城水连天。

写于 2021 年 6 月 13 日夏夜

游暑夜

大千世界有奇缘,天南地北心相连。
今晚新月分外柔,掩映河中六分圆。

漫溯长堤风未清,那山那水那份情。
寒来暑往存仁爱,夜阑人静听蛙惊。

写于 2021 年 6 月 17 日

杏花长堤美一曲

浩荡彩霞迎夕辉,明镜台下流水归。
波光粼粼感心醉,海市蜃楼翠屏围。

华灯四起云无阻,月色从容朦胧聚。
谁人唱响家国情,杏花长堤美一曲。

写于 2021 年 6 月 22 日

燕子来时邀明月

喜见燕窝梁上筑，翘首企盼慈母护。
凉风吹来吉祥时，彼此相看惊不露。

有幸巧遇风雨住，血肉深情心灵慕。
咽水衔泥苦作巢，与物大同爱常悟。

漫天华彩蹁跹唱，似海波滔翻雪浪。
前世今生美轮回，约定三界且高尚。

内存善念邀明月，今夜九份谢宫阙。
一份收藏送亲人，奋斗路上更卓越。

写于 2021 年 6 月 23 日

第十三章　瑰丽江山　百年扬帆

（2021年7月~12月）

神游醴峰

醴峰观景美哉壮,大铜锣山飞云浪。
缥缈跌宕浮群岭,苍松福植流瀑淌。

田园静谧好富饶,琼楼玉宇香雾绕。
迤逦公路连乡间,灿若翡翠南充妙。

物华天宝鱼米囤,清水芙蓉洗凡尘。
既见君子恰有仪,旖旎婉约蔚霞腾。

文人墨客寄情钟,淡泊名利雅韵风。
三天五极追西晋,遐迩奇景誉堂中。

写于 2021 年 7 月 5 日

观荷花如意

"青山隐隐水迢迢",天下第一荷满池。
绿衣托蕾靓日月,优雅婆娑婀娜施。

绝艳不负娇美女,"映山舞协"展旋律。
如意玉身花中形,羡煞鸳鸯水中聚。

十里荷花佳人配,凌波仙子滴翡翠。
清香缕缕惊沙鸥,笑靥如月萋草醉。

美丽芳丝自天夺,绽放缤纷独灵国。
芊芊泽花今何处,如梦如幻莫蹉跎。

写于 2021 年 7 月 14 日

与时俱进凭玉栏

山野清风拂柳群,轻盈吹起蕾丝裙。
人间最美度夏夜,潇洒飘逸似竹君。

皎月东升高洁君,三分隐约藏浮云。
心随银河意随梦,恬淡幽雅隔世寻。

人生不只初相识,何必孤烟抱落日。
晚景斑斓映凌波,溪边浅唱风情宜。

悠悠岁月偶尔酣,浩瀚环宇觅达观。
和月呢喃醉静谧,与时俱进凭玉栏。

写于 2021 年 7 月 20 日晚

情系七夕

今宵银河无星辰，朝暮企盼迷茫增。
金风玉露何时了，蟾宫寒夜梦乡人。

七夕不怕雨意浓，天下眷侣皆情钟。
鹊桥相会醉红叶，牛郎织女传奇中。

写于 2021 年 8 月

中元思亲

中元思念秋气浓，林中蝉鸣欲耳聋。
清香三炷祭已故，生离死别烟雾蒙。

深深怀念犹在世，音容笑貌莫非侬。
物在人去梦相遇，至亲至爱忆心中。

写于 2021 年中元节

秉承耕读子孙旺
——采风四股桥乡山塘村

长风万里送秋秀,可以一醉酬高楼。
诗仙豪迈胸襟宽,雄伟瑰丽展锦绣。

列代古风未曾休,诗社相约山塘游。
仰望太甲山崇峻,蜿蜒青龙商帝留。

田野清润念"伊尹",青瓦白墙他乡栖。
秉承耕读子孙旺,才华横溢四季依。

"文化礼堂"成文挺,仁义礼智信传诵。
戏台合唱吐心言,纤尘不染留古栋。

茂林修竹涧水淙,长廊曲桥蔓草根。
彼岸花开芦苇觅,法本自然存永生。

闲情逸致石桌边,欣喜时见袅炊烟。
糯粥黄豆香口味,精神博大更忘年。

文化复兴岚霞蔚，金龙腾飞彩云追。
返璞归真有信念，天人合一迸光辉。

注：太甲山为商朝太甲帝之名；伊尹为商帝之臣。

写于 2021 年 8 月 26 日

田园风情心上留

冰溪秋水向西流，眷恋一片万柳洲。
曾赴河岸七里浦，吊角楼下停扁舟。

桥畔筛米糠满头，速挑箩筐老屋投。
石墩过河激水冷，田园风情心上留。

写于 2021 年 9 月 5 日

一片清醒在冰雪

身居烦尘别盛夏，心念美好约九月。
白露丹枫酣畅时，落英缤纷秋叶谢。

松柏常青共日月，与君共勉永不屈。
四季打磨天道生，一片清醒在冰雪。

写于 2021 年白露日

雨过天晴

台风暴雨守小屋，连续寒潮诗兴无。
忽见天空开晴日，野外漫步另类孤。

广玉兰林耸楼高，绿草亭间情难消。
那得彼岸花红火，生死两界路遥迢。

写于 2021 年 9 月 16 日

同唱九九天

菊黄檀香紫微芊,感恩仙真福寿绵。
重阳细雨润大地,插遍茱萸乡村沿。

风起云涌壮胸怀,山光水色满情栽。
长风万里醉秋艳,重阳同唱九琼台。

写于 2021 年 10 月 14 日

洁白月光照心明

金枝玉叶映河心,情趣盎然放歌吟。
萧瑟寒风耳边冽,洁白月光照心明。

静夜山色守空灵,水波涓涓为谁鸣。
珠光宝气美古邑,文博渊源更深情。

写于 2021 年 10 月 17 日

回眸三清入云烟

风雨缥缈寒彻天,为审新书守案边。
悲欢离合重温故,千丝万缕生死牵。

良师益友铭心间,柳暗花明感盛缘。
沧桑多变艰辛路,回眸三清入云烟。

写于 2021 年 10 月 20 日

金秋遐思

满城披挂丹桂香，玉叶金柯妩媚装。
滩边闲钓白鹭唱，吊脚楼上农妇忙。

冷落长廊倚水茫，绵延城墙话沧桑。
千年古邑运河埠，化作记忆百感苍。

青山绿水同云雨，星月银河享天旅。
九州情缘成一统，何必相逢成唏嘘。

贫穷莫卑善其身，富贵谦躬济众生。
三天无极成道气，积德行善沛然升。

写于 2021 年 10 月 29 日

山水包容琴笛鸣

一段恩绪情拾零,山水包容琴笛鸣。
商贾记忆背货物,渔夫满载笑盈盈。

北风萧瑟寒气凛,河畔长亭独自吟。
行人无几赏秋暮,日落西山歌声灵。

写于 2021 年 11 月 3 日

云海雾涛行千舟

立冬前夕碧空晴,秋尽江南赐娉婷。
婀娜旖旎舞绝艳,坐看彩云梦幻惊。

落日映河耀辉煌,天女撒花璀璨装。
金龙闪烁绕山脉,琼楼玉宇慨激昂。

目送桑榆魂难收,掇菁撷华情依游。
海市蜃楼冰溪景,生机勃勃人间修。

仙境盛会萦怀悠,庄严妙相形影柔。
前世今生饱眼福,云海雾涛行千舟。

写于 2021 年立冬前夕

和平湖时光
——借用原创《游牧时光》的歌曲谱词

采一片冬天的朝阳,
奔向那太甲山下的碧波荡漾。
走进和平湖的美丽水乡,
把旅游休闲都分享给了四邻八方。

捧一朵湖中的浪花,
绘一幅诗情画意的浪漫景象。
远眺那彼岸的彩霞风光,
把金色的梦想都融入了我胸膛。
是谁划出一道,风景优雅的水乡,
绿水青山撒向一派生命的希望。

杨柳岸边倚长廊,烟波缥缈浩浩荡荡。
新月东升在天上,我陶醉了欢歌飞扬。

注:和平湖位于玉山县四股桥乡,是有名的野钓基地。

写于 2021 年 11 月 18 日

第十四章　珠联璧合 天人合一

（2022年1月~6月）

遥远的憧憬

三九隆冬,面对浩瀚湛蓝的和平湖,
我多么想当一名真正的水兵。
仰望远方那黛青起伏跌宕的太甲山脉,
阳光下它似乎像守望着海域的兵营。
注目河滩间若隐若现的古树炊烟,
我多么愿意采访那渔家的乡亲。

迎着凛冽北风披着闪光的蓝衣,
阔步在如舰台般雄伟的浮桥上健行。
我的心灵像水鸟一样自由地翱翔,
我的胸怀像海燕般充满着威武豪情。

今天我是一名水手,向云水敬礼。
这是我保家卫国的梦想,
像雄鹰一样巡视在最高的天际。
送走了彩霞里溶金般的落日,
驻足瞭望台,湖面上留下我久久的憧憬。

记玉山和平湖,写于2022年1月12日

淡淡清香悠我心

一年之计在于春，淡淡清香悠我心。
青青子衿享诗意，雪花酝酿萌芽新。

十五十六天作媒，明月浩瀚照碧海。
此生难怨雨水涟，人杰地灵有良材。

粼粼冰溪向西吟，佳节热闹山间行。
各界欢庆春茗会，宾朋如云喜气临。

春风眷顾冰玉园，载歌载舞乐心田。
盛邀名家分外酷，几家演出精湛连。

虽不善饮已陶醉，笔飞墨舞皆纯粹。
那片芳菲为谁开，流光溢彩九霄璀。

金枝玉叶登琼台，充满本色向未来。
铸梦命运共同体，火树银花淬品牌。

写于 2022 年 2 月 19 日晚

踏春行

山环水复又一春,夜来细雨花海深。
紫白玉兰擎天柱,大红茶君岸边争。

清溪丝柳苞绿芽,坡上迎春点点花。
雕栏玉砌觅古意,浓妆素裹石径崖。

写于 2022 年 3 月 14 日

一瓣心香化葱茏

一夜风雨摧娇花,徒有争艳变泥巴。
人道酬善莫闲弃,怜香惜玉捧回家。

几番绽放化泪吟,空中飘落也从容。
唯我独行诗韵里,一瓣心香化葱茏。

写于 2022 年 3 月 26 日

清明思君吟

非常时期难天陵,居家祭奠尚地灵。
青菜豆腐红烧肉,梁祝黄酒故乡情。

慈祥笑容似曾经,学者气度忆如新。
尊严正义人生路,留取丹心照三清。

大鹏远行会双亲,山重水复更艰辛。
同舟共济已无日,泪洒芳菲思叮咛。

写于 2022 年清明节

母爱永恒

母亲，我想您！
一眨眼您跨鹤仙逝已 18 年的日子；
您的音容笑貌，依旧鲜活在我的心里……

母亲，我爱您和父亲，没有你们就没有我的如今。
母亲，您最坦然无私，养育七个儿女服务十大口子。
自然灾害饥饿顾嘴，特殊年代扣除工资。
只要家里有一锅粥一张饼，同甘共苦都没把我们忘记。
历尽艰辛、缝缝补补、省吃俭用，拨着算盘几分几角天天账目清理。
母亲是您含辛茹苦勤俭持家，一辈子操劳把儿女养大从不惜己。

母亲，您与父亲从小栽培我各种爱好，看书绣花、乒乓游泳、学戏书画、背诗读赋。
健体让我考进了黄浦青年宫训练，丹青写作使我刚进初中就有良好前途。
母亲，您舍小家爱大家，响应祖国号召。
把大哥大姐送到部队里锤炼，多次上台戴上美丽的大红花。

当我奔赴北大荒,您不舍日夜为我赶制御寒的服装。

当我严重跌伤生病住院时,母亲微笑着为我擦身洗头。
当我在晚香楼引吭高歌时,您发自内心为我鼓掌。
当我在画案上创作时,您悉心指导,不断鼓励。

母亲,您宽宏大量、善解人意,当全家人因年龄反对我嫁给刘老师时,你偷偷地告诉我,他不错想嫁就嫁兮。
刹那间母爱的暖阳,无限感动我热泪饮泣。
当我和先生为开发三清山很少顾家,母亲善良地叫我们安心发展别惦记她。

母爱,您美丽高尚,90多岁高龄还自己料理生活。
母亲您坚强人生,乐观地应对疾病。
母亲您最爱唱小小竹排歌,拖着僵硬的双脚还在哼唱依稀。

可怜天下父母心,每一个父母都爱着自己的子女。
母亲您是我一生的精神支柱,您厚德载物是我终身的楷模。
岁月不居、母爱永恒,光辉形象涌入央视和我们同在。

写于 2022 年 5 月 8 日

爱恋湿地诗韵柔

碧空洒下水晶宫,七彩闪烁冰溪溶。
琳琅满目琉璃玉,社会价值一片红。

玉宇琼楼万柳洲,金桥银线织丝绸。
千年古邑创卓越,爱恋湿地诗韵柔。

写于 2022 年 6 月 5 日

第十五章　民族精神　文化启迪
（2022年7月~12月）

守望夏月

日落楼头炎热消,化作溶金万柳娇。
岁月荏苒又小暑,虚度时光尽逍遥。

玉城暮下常吟唱,守望山水也灵朗。
坐爱月下赏清风,千古美诗荡心畅。

写于 2022 年小暑

纳凉赏月

皓月当空思情绵,心随远去万里牵。
玉光高洁播洒爱,天涯海角照无眠。

与世无争月独处,唯伴黑夜忍肃穆。
长相守盈亏不离,人生路上多眷顾。

写于 2022 年 7 月 9 日

满把清光照文坛
——作协文友庆中秋

明月东升照神州,万家团圆渡兰舟。
武安不拒外乡客,冰溪映月共悠悠。

美景良辰聚九龙,火树银花庆丰功。
玉荞迎来中秋梦,福泽益友佳节逢。

文企协助同并肩,诗酒吟诵享华年。
世界风云常领略,祖国江山绘心间。

隽秀文脉多采集,不负勤耕笔下奇。
高朋满座体验馆,德艺双馨为我师。

月从东山徐升起,歌出肺腑飘千里。
风向万柳轻盈依,情因浓郁增友谊。

写于 2022 年 9 月 9 日

重阳登武安

清秋气爽逢重阳，登高望远真铿锵。
久违群岭存友谊，借景抒情风物扬。
石阶蜿蜒曲折行，坡陡汗淋挂满襟。
一习功夫数年练，健步不输小年青。

千年古邑武安楼，七层宝塔耸云头。
浓郁文蕴勤赓续，青山环抱碧水悠。
凉亭写诗忆故人，梦里吟哦逸韵纯。
鹏飞万里游不尽，天地守护灵意升。

武夷山脉一景雄，九九丹枫别样红。
乐此不疲山里觅，粗茶淡饭也从容。
自信闪亮在脸上，善良深藏于心脏。
骨气融进血液中，出水芙蓉独绽放。

注：武安，即武安山，为玉山县城冰溪河上的一座主峰。

写于 2022 年 10 月 4 日

百灵草之缘

白云遨游蓝天里，秋声俯耳香桂倚。
云碧峰下百草园，文友相逢施礼仪。
钟灵毓秀出才华，饶州岸边开琼花。
同观翰墨书画展，共访信江艺术家。

炳阳立平笔下功，设计高手道吉风。
媒体舞雪诵佳作，蒙古大雷摄影精。
八仙过海显神通，感谢锦华盛情浓。
绿色美味尝不尽，红豆杉酒醉意胧。

"山外青山楼外楼"，玉龙赠梅壮志酬。
仰望杏林黄金地，"一杯亭"间逸韵留。
相见恨晚惜时光，友谊缤纷谱诗章。
携手奋进新文蕴，江山壮丽气概昂。

注：百草园——在上饶市云碧峰下"百灵草山庄"黄锦华设计师的雅阁畅述，饮茶论道，气宇轩昂。

写于 2022 年 10 月 20 日

如梦似幻山乡情

长堤玉桥浪漫行,柳帘倚波相映吟。
心随意念何作论,如梦似幻山乡情。

斓曦华源水榭间,西装革履返旧颜。
欲问今生何为贵,云路遥迢游天边。

写于 2022 年 10 月 31 日

一瓣心香慰乾坤

孟冬夜景陶醉时,翔鹭飞舞遍野诗。
勇上丛林灯绚烂,正照孤影碧辉枝。

绵绵城墙令销魂,红装素裹相映尊。
何日乘兴赠佳句,一瓣心香慰乾坤。

写于 2022 年 11 月 13 日

一线天望三清主峰

四海云涛朝福地,一线天上绝景寄。
三龙出海朝玉京,蓬莱之岛太空立。

写于 2022 年 11 月 20 日

小雪仍秋声

一夜寒雨洗玉城,群岭浸润绿叶生。
久旱甘霖遇佳日,碧湖清溪向西腾。

小雪无雪仍秋声,爱上层楼芳泽亭。
傍树远眺思绪静,此刻无为顺天经。

写于 2022 年 11 月 22 日

重逢在万柳洲

今朝有兴访文联，万柳洲头古木沿。
良师益友又重逢，土屋依偎翠竹连。

二十年前老领导，采访拍摄蓦然巧。
友谊使人温暖时，热泪盈眶回首找。

风雨同舟三清路，开发宣传精英付。
大鹏远飞夕阳西，冰溪踌躇听暮鼓。

山色空蒙人情在，旖旎风光欣然采。
丹青水乡威尼斯，不忘创新聚康泰。

仰俯无愧于天地，升华通灵在才气。
淡泊名利有春秋，魂牵梦绕赋诗意。

写于 2022 年 11 月 24 日

第十六章　山光水色　人道酬善

（2023年1月~6月）

百花之先

我向苍天借一片暖阳,寂寥独处走向诗的远方。
青山依旧葳蕤蓊郁,百川不息奔流长江。

我向寒冬要一股勇气,凄风苦雨执意探访梅姿。
百花之先如期而遇,晶莹剔透幽香扑鼻。

岁末年首人间别担忧,孤雁南飞总能渡一兰舟。
维系腊梅傲骨清赏,坚强不屈雪中固守。

写于 2023 年 1 月 12 日

迎新春

飞兔翻越千年梦,跃向时尚仰天颂。
洞府笙箫鼓乐鸣,玉桥琉璃桂未冻。

人间伊始爱春孟,共谐乡愁满载诵。
天涯海角思亲浓,长城内外情义重。

　　　　　　　　　　写于 2023 年 1 月 22 日

贺新岁

去岁污秽皆荡涤,不留遗憾到初一。
温馨华池暖正气,挥手告别虎作揖。

万巷灯火照吉祥,流光溢彩喜气洋。
民俗风情贺新岁,欢歌笑语飞满堂。

　　　　　　　　　　写于 2023 年 1 月 22 日

年味

冰雪依然覆盖在层林间，
远方的炊烟飘来腊肉的香味。
寒风怎挡我思乡的目光，
红灯高照寄托最美好的年味。
阿妈一桌菜阿爸一壶酒，
归家的心啊已走过，年年岁岁。

年味香年味浓，万水千山盛情送珍贵。
年味香年味浓，踏破铁鞋新春好陶醉。

年味香年味浓，阳光带来花开春天的暖意。
年味香年味浓，憧憬温馨洒下是纯情。

写于 2023 年 1 月 27 日

兔年滋味

美味香肠山村来，豆腐炸出好食材。
鲜醇无比感友谊，享受精华端上台。

弋阳年糕珍品尝，细嫩滑糯口福漾。
红薯粉丝祝长寿，慢饮绿茶心芬芳。

致谢舞雪送年货，写于2023年正月初八

新春美江南

新春明媚好江南，瑞兔温柔放晴天。
漫溯河畔抒恬静，东风拂梅展素仙。

堤旁丹桂依翠微，偶见零花披霞辉。
追逐阳光重霄九，相伴无言暮色归。

写于2023年正月初九

心醉已忘年

行至朝雾棹冰溪,坠入暮海云水祺。
一团金轮满江艳,只愿随君心沉迷。

谁家佳节爱自然,草木为友灵气添。
青山有情不嫌弃,雕楼榭台忘何年。

写于 2023 年正月初十

良师益友难忘记

诗情画意一辈子,音乐人生未退迟。
良师益友难忘记,步入大殿春风知。

余生最爱大自然,山明水秀写玉山。
七里冰溪出才艺,承蒙灵气换新颜。

写于 2023 年正月初十

心声仙梦

春风又度玉门关,珍爱康复乐人间。
谁家飘来香酒味,和谐雅聚紫气冉。

春寒料峭见余晖,新春声韵如翠微。
风雨芝兰吟哦伴,唯有心声仙梦追。

写于 2023 年 2 月 3 日

人逢佳节喜庆洋

健康养生玉兔迎,立春细雨贵如金。
山色葱茏百花润,人逢佳节喜庆新。

东方巨龙闹元宵,乡村空巷彩灯绕。
民族精神创勇毅,神州红火冲九霄。

写于 2023 年元宵节

华灯亮出新坦途

雨过雾蒙走乡景,春寒料峭柳疏影。
杏花村野人萧萧,河滩未见白鹭饮。

转身华丽淅沥洗,幸亏进屋感天意。
诗情画兴迎我来,眼前三清藏先机。

人生路上有知音,万般艰难放歌行。
跌宕起伏心相印,一弯新月东山升。

写于 2023 年 2 月 12 日

第十六章　山光水色 人道酬善

初春寻芳

寒春向阳走乡间，野外长堤呼玉栏。
坡下迎春条错纵，恬静数朵嫩黄闲。
岩边爱坐思其心，独处勿与百花争。
相拥溪水共朝露，栉风沐雨芳菲淳。

写于 2023 年 2 月 16 日

挚爱归真

蜡梅凌枝迎扶摇，寂寞淡泊纤尘消。
墙角林立倾情笑，武安湿地尽逍遥。
暖春彩霞照杏村，蓝天瓦云叠层囤。
孔雀开屏广宇外，只为金轮挚爱真。
瞬间夕阳落柳州，反扑归正余晖收。
朝起暮退一日尽，送走白鹭下瑶州。

写于 2023 年 2 月 18 日

起死回生吐芳华

杏花廊下水榭柳，去夏洪击拨根踩。
如柴憔悴几番叹，只当炉间烟火收。

日月精华赐福音，春风护佑好生灵。
二月柳条冒青叶，吐故纳新向天擎。

注：为杏花村河边枯死的大柳树复苏而作

写于 2023 年 2 月 28 日

诗意缤纷

一树白玉立华城，万千诗意落缤纷。
五洲四海璐瑶献，登殿步虚求入门。

写于 2023 年 3 月 4 日

寒春绮绣

早春凛风刮大地，偶见玉兰丛林倚。
忍痛洒落幽径间，满地白玉珠玑移。

万顷波澜卷诗意，金光洒下瑶池里。
最让留步绮绣台，心悦诚服望天际。

写于 2023 年 3 月 4 日

高雅紫玉焕人间

春暖遍野紫玉娇，晶莹剔透红如潮。
拾阶寻觅深情望，馥郁德雅品位高。

赢得美貌北风骚，落英缤纷坡下飘。
怜花惜玉佳期短，如梦似幻瞬间消。

写于 2023 年 3 月 11 日

文学赋

一代精英贵州田，脸朝黄土背朝天。
劳其筋骨立雄志，煤油灯下苦钻研。

特殊年代坎坷路，岁月风雨文学助。
叶茂根深才子纯，辛勤耕耘故乡赋。

花桥语林意缠绵，笔飞墨舞写人间。
情系知青深似海，同舟共济肝胆牵。

一代文豪写春秋，呕心沥血巨著留。
家喻户晓谓偶像，犁铧开来英雄修。

注：庆祝叶辛文学家故乡花桥文学馆开馆。

写于 2023 年 3 月 19 日

雨中春分

春分不知雨意浓,田间地头百花笼。
游人赏景欣漫步,满街樱雪淡雅中。

上苍眷顾一片情,苦尽甘来万物亲。
道心境语无奢望,诗情画意享如今。

写于 2023 年 3 月 21 日

冰溪四月天

清风拂面四月天,漫步野外尽开颜。
花团锦簇满目爱,夕照映水金波涟。

轻盈洒脱长堤间,碧草如茵坡上绵。
吮吸桂香树下坐,一片柔情似神仙。

写于 2023 年 4 月 12 日

春带雨花向阳

凄风苦雨落连绵,丛林无几紫玉兰。
今朝春光温馨照,信步沿河探神仙。

樱花如潮白雪天,紫荆锦簇向亭边。
淡雅迎春未退役,夕阳渔夫垂柳间。

写于 2023 年 4 月 13 日

第十六章　山光水色 人道酬善

醉里挑灯迷花神

谷雨偷闲走坡崖，为逐梦中香柚花。
河畔缕缕飘浓郁，洁白琳琅挂奇葩。

芬芳扑鼻涌心房，是真似幻酩酊乡。
冰溪平静无波浪，星辰浅照杏花廊。

城墙脚下遇月季，寂寞怒放幽暗里。
大如玫瑰小含苞，相看两忘重情谊。

醉里挑灯迷花丛，多年未见思念笼。
"黄金一霸"铲除后，"洛神出水"显尊容。

写于 2023 年谷雨

一方净土

月下放歌"走江南",湖水静谧吻草滩。
你是远方云一朵,我是天边雨飘仙。

诗情画意为谁写,茕茕孑立无法解。
淡泊名利烦恼消,一方净土空蒙夜。

写于 2023 年 4 月 27 日

五月仙葩

五月茂林修竹盛,最使娇幔石榴润。
独向幽径寻仙葩,莫叫寒风红蕾蹭。

世外桃源心相约,如逢知己情亦惜。
冷暖炎凉忘一切,墨香诗韵任感觉。

写于 2023 年 5 月 11 日

化茧成蝶赤丹心

紫玲歌手令人惊,一曲《秋蝉》醉如今。
怜香惜玉美声赋,春华秋实岁岁新。

我欲乘风柳梢迎,学唱佳音夏日吟。
化茧成蝶浪漫舞,不负精灵赤丹心。

感谢友人编佳作,百忙途中也洒脱。
音乐抒怀在远方,诗意传媒天下乐。

注:《秋蝉》为香港著名女歌手刘紫玲唱的一首与大自然和谐共处的抒情歌。词美、歌美、人更美,每每学唱引人入胜赞不绝口。

写于 2023 年 6 月 12 日

第十七章　华丽转身　冰清玉洁

（2023年7月~12月）

漫溯冰溪

热浪滚滚入酷暑,无风无雨汗如注。
洄溯冰溪解烦尘,雕栏玉砌赏夜暮。
七彩灯光映河间,金龙游荡醉意延。
长亭寂寥吾独唱,青山静眠如入仙。
梧高凤至凌空舞,花香蝶来自然助。
爱者惜之有乾坤,负者弃之别相抚。

写于 2023 年 7 月 13 日

走天涯

雨过云淡风沙沙,铁甲战马曾天涯。
弱水三千只一瓢,福泽古意诵剑侠。
金波逐浪两桥连,朦胧月色此缠绵。
香雾袅绕留恋处,如梦似幻无尽言。

写于 2023 年 7 月 27 日

花卉情侣
——祝福上海吴哥唐妹

满院盛开娇美花,绿叶婆娑雨沙沙。
最爱吉祥菩提子,游鱼陪伴园艺家。

写于 2023 年 7 月 27 日

寻古意

冰溪两岸何其美,火树银花一汪水。
天女散花闪珍珠,移步换景催人醉。

我向今夜邀明月,神奇玉盘河中浴。
欣然漫步师古贤,天下一楼似宫阙。

写于 2023 年 7 月 31 日

立秋如意

七月炎热烤蝉鸣,破茧化蝶振翅凌。
面壁十年何足论,万劫不复有森林。

晨练绿荫益智功,相看垂柳随风轻。
才见酷暑莲池艳,又逢夏雨秋风声。

感谢文国赠快活,家栽鲜美无花果。
幽篮盛满挚诚心,吉祥如意似云朵。

写于 2023 年 8 月 8 日

玉山冰溪河
——"东方威尼斯"水城

深巷古楼曾荟萃,冰溪玉泉诗剑会。
夏日奇葩开清颜,鸿儒相聚山水汇。

威尼斯城如翡翠,达夫笔下犹胜贵。
两岸灯火闪若仙,出水芙蓉悠安慰。

写于 2023 年 8 月 12 日

秋雨煮茶翰墨香
——与文友欢聚

秋雨若金赐冰溪,山光水色泛涟漪。
茶香自有良辰景,三五知己论文题。

时代不负善行人,国学为先情怀真。
玉山才子如中日,英俊潇洒精气神。

写于 2023 年 8 月 17 日

清净地

翠雨蒙蒙入柳帘,幽林樟果落指间。
亭亭玉立薰衣草,紫微摇曳向苍天。

丹桂树下独品茗,云雾香茶唯我亲。
难得一方清净地,儒雅诗文写素心。

写于 2023 年 8 月 28 日

浸润芳泽

河岸一株大垂柳，葳蕤廊高盛锦绣。
去夏洪水连根拔，大煞风景残木朽。

忽又一夜春风来，绿芽冒尘溪水台。
小枝纵横向天际，岂料今秋翡翠海。

昌雨寻植访奇缘，日月精华山水间。
浸润芳泽育生命，乡野古渡天地玄。

写于 2023 年 9 月 13 日

冰溪驿马南望[①]

似曾相识在沈园,爱国诗人题别言。
山盟海誓难伉俪,国破家亡望楚天。

金戈铁马驰疆场,气吞山河万里刚。
精神世界有威力,心魂相印簪担当。

注:①宋代爱国诗人辛弃疾曾在玉山南岸驿站作诗

写于 2023 年 9 月 20 日

中秋温馨爱人生

光阴似箭催人老,月色如梦寄乡间。
惊羡夏花之美,清香溢远;
陶醉秋叶之静,净植欣然。
玉盘当空美妙无瑕,不负天地馈赠斑斓。
愿明月亭亭玉立,愿人生卓越勤勉。

写于 2023 年 9 月 29 日

岁月未蹉跎
——致文学家叶辛

黔灵甲秀共蹁跹,独凭清气在笔间。
借问征客千里外,艰险几重越关山。

心血结缘梵净山,文学投笔黄果泉。
伉俪情深砂锅寨,风雨人生有港湾。

写于 2023 年 10 月 6 日

金桂飘香
——金桂第一道花开

清风吹落桂花雨，一地黄金轻盈聚。
石阶写作满怀香，树下品茗仙逸叙。

淡淡小花天地间，浅浅笑容梦魂牵。
胜缘邂逅入心骨，深邃眼眸难望穿。

冰溪河畔尽绿林，碧海花神享钟灵。
布谷筑巢吮氧气，人间乡村更氤氲。

金秋旋律在自然，一花一世著尊严。
读懂万物悟大道，生死轮回又斑斓。

写于 2023 年 10 月 13 日

又重阳

金桂飘香红叶霜，登高望远向重阳。
回溯冰溪与武安，缱绻山水养健康。

九九赋意在《易经》，自强不息格物新。
世界纷扰有天命，知足常乐仰三清。

写于 2023 年 10 月 23 日

秋高气爽

放松心态向河畔，夜幕白云飘千瓣。
华灯初上美玉城，东方威尼斯震撼。

香堤惬意诗绪临，风停溪平若镜明。
玉虹桥边最安静，杏花村里凉意清。

写于 2023 年 11 月 3 日

第十七章 华丽转身 冰清玉洁

闲坐望江亭

飞霞鎏銎润天边，孤芳自赏月季鲜。
相望余晖难移步，望江亭畔碧波绵。

纵然回眸不愿归，山光水色逸情挥。
温故知新正气荟，心灵之约诗意辉。

写于 2023 年 11 月 15 日

最美遇见

坐等余晖飘万里，千条金龙绕天际。
缘何贬谪人间来，有幸最美遇见你。

一弯新月树梢头，送走晚霞照琼州。
只为倜傥乡间景，山盟海誓笔下悠。

写于 2023 年 11 月 20 日

小雪如春

小雪如春向城东,玉红桥下蜡梅丛。
天赐良机清静地,最佳晨练益智功。

三清之源杏花村,唐代杜牧诗清明。
金沙玉泉寻香酒,千年流芳至如今。

流连忘返二十春,山野美景独步生。
朝露暮霜爱灵秀,日久弥坚作诗文。

写于 2023 年 11 月 22 日

一生最爱

梦里的光感,撩过那潺湲的清泉。

多情的云彩,飘向那暮色的天边。

我愿黄昏里,再次回溯着河畔。

追逐荏苒的光阴,寻找月照柳梢头的浪漫。

孤平的思迁,总会有可怜的嗟叹。

迸溢的光辉,总会有白昼的光斑。

雨后彩虹现,翠竹瓦屋成绵延。

独领风骚的冰溪,酷似迎接着重情的人间。

极目美丽的群山,所有烦尘烟消云散。

一生一世的最爱,是一抹夕照的香莲。

2020 年 6 月 10 日~2023 年 11 月

后记：一瓣心香染古蕴

2023年11月22日小雪天，上苍开恩阳光明媚，犹如春天的使者赐福于人间。它驱使我走向"江西三清山信江源国家湿地公园"玉山县古典优雅的杏花村。青草萋萋浓浓檀香，我便斜坡而坐，写下了这首充满古意的诗：

小雪如春向城东
玉虹桥下蜡梅丛
天赐良机清静地
最佳晨练益智功

三清泉流杏花村
唐代杜牧诗清明
金沙醴泉酿香酒
千年芳韵流至今

流连忘返二十春
山野美景独步深
朝露暮霜爱灵秀
日久弥坚吟诗文

后记：一瓣心香染古蕴

好事连连，翌日迎来感恩节，又是个暖冬温馨的福报，也是我永远难忘的日子。因为吮吸着蜡梅清香浓郁的绿叶，引发美好的心情，我仿佛听到温柔的微风在我脸颊亲吻。原来今天我正式完成了第二本著作。

2023年是千年一遇的癸卯金兔年，两春夹一冬，黄土变成金，我盼望好运给我带来吉祥如意。

记得早春二月，我和青年作家网的总编汪鑫老师冒昧地谈起，自己今年还想出两本书，一本是文集，一本是诗集，但底气很不足。话音刚落他就鼓励我说："只要你有足够的资料在手，我会帮你忙尽快出版。2021年我们帮你出版的《风雨三清路》专著不是很成功吗？"

我说："是的，你们辛苦地帮我出版了那么好的书，感谢都来不及呢！"

我犹豫了一阵又说："现在要出的这两本书资料是有的，但整理起来没任何头绪，尤其是散落在人生，支离破碎的那些诗无从下手，难度很大……真正出版过书的作者，才会品尝到历经岁月打磨的酸甜苦辣。但接下来，我诚恳地问他：这两本书名叫什么好呢？请你帮我一起策划。"

汪总编告诉我说："你和先生一辈子在开发宣传创作三清山和玉山，为开发仙山福地做出了巨大贡献，流芳人间，你应该为后代留下一点足迹，所以我认为你这两本专著，一本叫《文韵三清路》，一本叫《诗意三清路》，和你上次出版的《风雨三清路》，成为你毕生三清路的三部曲，这该有多好啊！"

我立马跳起来赞同！真是慧眼识珠，巧合我的心意，汪老师真不愧是经验丰富的图书出版人。

《诗意三清路》这本书确实让我唏嘘哑然过，要跨越50年的时间隧道去寻寻觅觅，等于在大海里捞针，那有多么的艰难啊？犹如要在黑暗里找到一丝光明，前途渺茫。前后让我冥思苦想了许久，连觉都睡不好。是按照章节内容组合好呢，还是按照时间排列下来好呢？"巧媳妇难为无米之炊"，时间紧，任重而道远，绝不允许我反复犹豫不定。我决定走一条最快的捷径去完成！最后我毅然决然地选择了第二条路。

"山重水复疑无路"，前路充满荆棘丛生，我则开始搜尽苦肠打草稿的踽踽独行。何从起笔何处下手？

我父亲是古典文学家，他专门写严峻的格律诗，在上海非常出色有名。自小父亲叫我背古诗和格律法则。我看父亲从早到晚作格律诗很苦恼，而且生了病还在诗不达意死不休地作茧自缚。我自由散漫惯了喜欢轻松快乐，并不赞成父亲用写诗来折磨自己，他半夜三更还爬起来开灯改诗吟唱，经常把我从梦中吓醒，又在他的吟诵中进入梦乡。

我深知父亲一生饱经风霜内心无比痛苦，除了外出旅游回来写蝇头小楷游记、喝点温酒，唯一借诗消愁，可他愁更愁并不愉快！他原来在上海单位是会计科主任和工会主席，都病退了。就是因为写诗，家境极度拮据。因此我决定放弃学习格律诗,这也让父亲非常伤心,说自己没有接班人了。

真正让我写诗作文的还是那个特别艰苦的年代。1973年我从北大荒病休,走进三清山的北麓德兴县(现为"德兴市"),来到江西省银山铅锌矿我二姐工作的医院养病。我身无分文,全靠二姐承担我的生活费,心里非常愧疚。因各种原因,我又要第二次下乡务农了,心灰意冷,就开始在山区游览写点杂文和小诗来发泄内心的痛苦和表达不屈的理想。

《开辟者的自豪》

映山红啊,

你又开满了群山,

重岭啊,

犹显得如此壮丽绚烂。

大自然鞭策着人们欢快,

优美的风景消除了压抑的纷烦。

这密密的丛林啊,

哪一条路能直达峰峦?

我想瞭望啊,

遥望那更辽阔的河山。

默默沿着众道寻找,

唉 山山有道何从登攀。

猝然间一股坚信的意念迸发，
从头越，我气概昂然。
笑迎着茫茫的林海，
认清了顶峰，铁脚踏遍。
从没有路的荆棘中攀登，
此刻我感到开辟者的无比豪迈。

当年没钱买本子，就用印刷品纸反面装订成本子写作。虽然文化基础稚嫩可笑，但也真实可贵。这样磨练了自己去查新华小字典和博览群书。我早就看过了很多世界名著，喜欢在大自然和人文中寓情于景，锤炼意志。感谢那个时候自己的坚强写作，留下点诗稿。我常常把苏联保尔·柯察金作为学习的榜样和动力。因此我决定今年这本诗集就从这里开始整理吧。

"一上高城万里愁……山雨欲来风满楼"，而立之年，岂料我好景不长。随着年岁的增长，初恋结婚定居在银山矿，原想都是北大荒上海知青成家立业，不会有意外。始料不及，才四年伪君子就拉下了面具，见异思迁，走向不归之路。

我遇人不淑身心俱疲，万念俱灰生不如死。吐露悲伤我只有用写诗来慰藉心灵，更催人泪下。患难时刻才真正了解我父亲当年苦闷时为什么夜以继日地与诗作伴，这绝对是一种心灵的解脱。

后记：一瓣心香染古蕴

1981年我回到上海养病，在苦苦求索中，跟着父亲和老师们学习诗书画，天天背唐诗宋词，有了一定的基础和层次。

1983年元宵节，我陪上海老师上三清山寻求创作，认识了正在开发三清山的刘鹏飞先生，他是文学家、摄影家。"外师造化 中得心源"，在刘老师的深度指导下，我爱上了三清山，爱上了文学诗词。

"君本蓬莱青云客，缘何贬谪人间来？"刘老师写的诗风，跟李太白一样豪放大气，毫不拘谨，且以自然意境为主导的古风诗，"艺海慈航通彼岸，金风相送到瑶台"，读着他首次送给我的四句偈言诗，我泪流满面！我更爱上了他的风格和古韵。因为每一幅画都要配一首诗，所以必须努力加强造诣。

我在杭州出版书时，面对西湖八景和灵隐寺等胜境，刘老师兴趣高涨，写了很多壮美的诗赋，我却胸无点墨一筹莫展。这个时候我才感到不学无术，后悔莫及的可怕。当场绞尽脑汁勉强写了一首诗，还得到刘老师的表扬。

这么多年我和刘老师三清定缘，成为仙山眷侣，不断得到媒体的追踪宣传，有了很大的进步和发展，我俩则诗情画意一辈子。

我从2005年拿起手机，2012年拿起电脑，就进入了与社会的联系和国内外文坛的交流。主要以散文、纪实文、现代诗、散文诗、自由诗、古风诗、对联、作歌词及填歌词等为主，以古鉴今，扬长避短。在大自然和人文景观中学习它们的闪光点，在易经和哲学的感悟中循序渐进。

本诗集从1973~2023年,整理自己在五十年跌宕起伏的坎坷岁月,身体力行甄选了心意随笔的各类诗。

回想自己错综复杂的寻求之路,可谓在千难万险的百折不回中挺直腰杆坚韧不拔地付出。因为有许多大事件和阶段是断层的无从找起,只有依靠自己的极力回忆和日记本里去寻找思路创作。

绝大多数的诗,尤其古风诗以前没有压好韵,需要耐心地找韵词,内容还必须承前启后、雅俗共赏,让读者能看懂。所以前四十年的诗,基本在烦琐紊乱中耐心整理出来的,虽不完美但也尽力了。

后十年因为进入了现代化科技信息,收集起来比较方便,但也不全面,眼看着遗漏了许多经典毫无解数。应该想通,世界上没有十全十美的事,留点余地更好,作为以后的出版资料,以慰藉自己一年努力拼搏的辛累。

难为了这一年,我几乎废寝忘食地伏案,减少外交,无可奈何地放弃了很多活动。

因为汪总编常热心地鼓励我要抓紧时间写书,这是项硬任务,比什么都重要。人生最大的事是百年后还能将文化艺术留传世间。因此我披星戴月,立志抓紧一切时间,定要写好书出好书。

"友谊使人温暖时,冬月犹如春日。"今天在这冬日如春的温暖阳光下，在淡定释怀重温自己攻坚克难的岁月里，回眸总结自己收获的一瞬间，我热血沸腾热泪盈眶，庆幸自己平时无意中留下来的诗文，是多么的珍贵而不易啊！尤其是从2005年正式向博学多才的刘鹏飞先生学文吟诗后，从心理与病体上解脱了许多忧虑和痛苦，从命运上找到了自己踔厉奋斗的觉岸。在大量与自然和人文的相依相慰中发现了令人无穷敬仰的光环。

我这一生深深地爱上了"江南第一仙峰"雄奇险秀的三清山，爱上了博士县玉山，人杰地灵的鱼米之乡。

二十多年来我的七部书与画册都是在三清山与玉山完成出版的，包括国家有关部门邀请入选的60余部书籍。我喜欢找灵感创作，喜欢与同人们分享快乐，健康释怀。

这一生虽然重视修身养性，宁静致远而淡泊名利，但离不开中华民族五千年的历史，博大精深、源远流长的民族文化神韵。"所谓幸福，是在于认清一个人的限度而安于这个限度。"

千年一脉，古韵新风，不忘来时路，奋斗新征程。寻找诗意的底蕴，留有一瓣心香，感染一生的气象。

面对美好神奇幸福的这一天，我感恩大自然壮美的赋予，感恩栽培提携我的导师们，感恩亲朋益友对我的鼎力相助，感恩在书籍出版上给予大力支持的叶辛老师、孟翔勇老师、张恭春老师、汪家弘老师和各位编辑老师。

最后请各位允许我以一首诗表达内心的鸣谢！

《最美遇见》

坐等余晖飘万里
千条金龙绕天际
良师益友仙境来
有幸最美遇见你

一弯新月树梢头
送走晚霞照柳州
与君相伴荟萃景
文山诗海笔下悠

杨七芝

2023 年 11 月 23 日